¡RAYOS Y CENTELLAS!

Título original: *Mille sabords!*
Traducción: Elena del Amo
Diseño de cubierta: Eugenia Alcorta / Virginia Ortiz
Diseño y maquetación de interiores: Virginia Ortiz

©2001 Yak Rivais
©2001 EDICIONES GAVIOTA, S. L.
Manuel Tovar, 8
28034 MADRID (España)
ISBN: 84–392–8670-8
Depósito legal: LE. 804-2001

Printed in Spain – Impreso en España
Editorial Evergráficas, S. L.
Carretera León – La Coruña, km 5
LEÓN (España)

¡RAYOS Y CENTELLAS!

Yak Rivais

Ilustraciones de
PABLO PRESTIFILIPPO

EDICIONES
Gaviota

Me reuní con la anciana de las palomas en la plaza de la Contrescarpe. Estaba furiosa (la anciana, no la plaza).

—¡Mire! ¡Los árboles!

—¿Los árboles?

—¡Póngase las gafas! —me dijo la anciana.

Miré las catalpas. ¡Caracoles! ¡Se habían vuelto rojas! Y mientras giré la cabeza hacia la anciana, se pusieron azules y luego amarillas...

—¡Llevan así toda la mañana! —se lamentó mi anciana amiga—. ¡Cambian de color sin parar!

—¡Son magníficas! —grité al ver las catalpas de color naranja.

—¿Magníficas? —exclamó la anciana indignada—. ¡Un horror! ¡Mire los árboles ahora! ¡De color violeta!

En ese momento eran violetas y se iban poniendo rosas. Parecían enormes ramos de flores y la gente del barrio estaba maravillada. Excepto la anciana, totalmente escandalizada:

—¡Ni siquiera las palomas se atreven a posarse en sus ramas!

—Es una pena —dije por educación.

—¡Es una jugarreta de los *pequefantásticos!* ¡Y conozco a la responsable! ¡Ha sido Florie!

—Tiene usted razón, querida señora. ¿Y no tendría alguna historia para mí?

—Naturalmente.

La anciana se había calmado y sonreía. Con la barbilla, me señaló a una niña que caminaba por la acera.

—¿Ve a esa chiquilla?

Por encima de la cabeza de la niña avanzaba, completamente solo, un paraguas abierto.

—Es Christine. El paraguas la protege de la lluvia y, cuando hace bueno, del sol.

—¿Viaja siempre encima de ella?

—¡Siempre!

—¡Caracoles! Es muy práctico.

—Sobre todo cuando hace viento y caen macetas de los balcones... —susurró una de las palomas de la anciana.

De repente, no pude contener una exclamación de sorpresa al ver una enorme olla negra desplazándose a ras del suelo y refunfuñando:

—¡Dejen paso! ¡Dejen paso! ¡Quítense de mi camino!

Me aparté:

—¡Adelante!

La olla cruzó la plaza hacia la calle Mouffetard.

—Es la olla de David —me explicó la anciana—. Le hace la compra.

—Comprendo.

Se oyó un ruido ensordecedor: ¡PRUUUUUN, PRUUUUUN, PRUUUUUN!, procedente de la calle Marcel-Aymé.

La anciana se encogió de hombros:

—No tenga miedo.

El ruido aumentó: ¡PRRRUUUUUNNN, PRRRU-
UUUUNNN, PRRRUUUUUNNN! Acudió mucha gente
gritando:

—¡El monstruo! ¡Que viene el monstruo!

Todos huían. El ruido se había hecho insoportable:
¡PRRRUUUUUNNN, PRRRUUUUUNNN, PRRRUUU-
UUNNN! ¡El suelo temblaba!

—¿Qué pasa? —pregunté.

—Nada en absoluto —me respondió la anciana—.
Es la pequeña Manon que ha dado demasiada sopa
mágica a su muñeca mecánica y...

—¡Ah!

Mi exclamación impidió a la anciana acabar la
frase. Una muñeca gigantesca, más alta que los edificios, acababa de aparecer. Acompañaba a una preciosa niñita que saltaba a la comba y cantaba *El co-
cherito leré*. El monstruo avanzaba pesadamente.
Una llave giraba en su espalda, y eran sus pies, tan
grandes como los coches, los que producían el es-
truendo que yo había oído, al ponerse en contacto
con la calle: ¡PRRRUUUUUNNN, PRRRUUUUUNNN,
PRRRUUUUUNNN!

—Y esto no es nada —me advirtió la anciana con
gesto de decepción. Cuando es la muñeca la que salta
a la comba, resulta mucho peor...

La pequeña Manon atravesó la plaza enviando un
saludo amistoso a la anciana de las palomas. La impresionante muñeca la seguía (los coches se aparta-
ban por miedo a ser aplastados). Cuando la niña y la
muñeca entraron en la calle Blainville, el ruido dismi-

nuyó. La gente, que se había refugiado en las tiendas, volvió a llenar la plaza. Suspiraron con alivio:

—¡Imagine la hecatombe que se organizaría si Manon hiciera crecer todos sus juguetes al mismo tiempo! —me dijo una señora, muy alterada.

¡Lo imaginaba! Y sin duda las palomas también, porque prefirieron emprender el vuelo por encima de los árboles multicolores.

—¡Mandaremos tarjetas postales! —gritaron desde el cielo.

La anciana siguió su vuelo con ojos llenos de ternura:

—Son encantadoras, ¿no le parece?

—Absolutamente encantadoras.

—Y usted, ¿quiere conocer más aventuras de los *pequefantásticos?*

—¡Lo estoy deseando!

Un balón vino saltando hasta el lugar que ocupábamos en la plaza. Se detuvo a nuestros pies. Le oí preguntar:

—Por favor, ¿podría indicarme la dirección de la calle Marcel-Aymé?

La anciana se la indicó con el bastón. El balón dio las gracias y se marchó saltando sin parar. Abrí unos ojos como platos:

—¡Fantástico! —exclamé.

—¡Perdón! —corrigió la anciana al mismo tiempo que saludaba a un niño que pasaba por su lado y hacía como que botaba un balón

invisible (cosa muy natural, pues el balón ya había pasado)—. Aquí nada es fantástico, sino *pequefantástico*. ¡Hola, Pierre!

—¡Hola, señora!

El chico se alejó. Saqué un cuaderno del bolsillo

para tomar notas. La anciana sabía montones de historias. Pasad, pues, las páginas, si sois curiosos (as)..., o haced como Flavie, que no pasa jamás las páginas de sus libros porque éstas pasan solas, sin la ayuda de nadie. (Yo lo he intentado, pero sin éxito.)

La niña que paseaba mientras dormía

Los padres de Clara estaban muy preocupados.

—¡Clara es sonámbula! —decía la madre—. ¡Estoy segura de que sale de casa todas las noches!

—Sin embargo —razonaba el padre—, duerme con un sueño muy profundo.

—Lo que hay que hacer es vigilarla —propuso Laurent, el hermano mayor de la niña.

El padre hizo como que se ponía a meditar. Gesticuló y arrugó la frente para que quedara bien claro que estaba pensando. Luego, movió la cabeza, su mirada se llenó de admiración hacia su hijo y declaró:

—¡Rayos y centellas, grumetillo! (Porque había hecho el servicio militar en la marina.) *Probablemente* algo haremos contigo si antes no te comen los cerdos.

Laurent se echó a reír. La madre examinó seriamente la proposición de su hijo. Protestó:

—No me apetece nada pasar una noche entera vigilando a Clara.

—A mí tampoco —confesó el padre—. ¡Muchas gracias!

—Haremos tres turnos —dijo entonces Laurent—, y cada uno se quedará junto a su cama cuando le toque.

El padre abrió exageradamente la boca. Luego lanzó un fuerte silbido y declaró en tono convencido:

—Grumetillo, *seguramente* algo haremos contigo si antes no te comen los cerdos.

11

—Eso ya me lo has dicho —contestó Laurent, divertido.

Entonces el padre hizo un gesto de admiración:

—¡Qué memoria tienes, grumetillo! *Necesariamente* algo haremos contigo si antes no te comen los cerdos.

Y añadió:

—Clara se acuesta a las 20,30 y se despierta a la mañana siguiente a las 7,30. En total, ¿cuántas horas pierde durmiendo?

Se lo preguntaba a Laurent, que respondió inmediatamente:

—11 horas. O sea, 660 minutos. O 39.600 segundos.

El padre aplaudió. Pero Laurent le interrumpió:

—¡Ya lo sé! —dijo riendo—. Vas a decir que obligatoriamente algo haréis conmigo si antes no me comen los cerdos.

—Increíble —exclamó el padre sorprendido—. ¿Ya te lo había dicho antes?

Laurent no podía contener la risa. El padre calculó:

—Laurent vigilará a Clara el primero, desde las 20,30 hasta las 22,30.

—Yo la vigilaré después —propuso la madre.

—De acuerdo —dijo el padre—, desde las 22,30 hasta la 1,30. Y, por último, yo la vigilaré desde la 1,30 hasta que se despierte.

El padre se había reservado el turno más largo y el más cansado.

—¿Cómo haremos? —preguntó la madre.

—Nos instalaremos en la butaca, junto a la cama de Clara. Si se levanta, el vigilante avisará a los demás.

Al llegar la noche, Laurent entró en la habitación de

su querida hermanita. Clara acababa de meterse en la cama y se estaba chupando el pulgar. Laurent se instaló en la butaca con un *Tintín y Milú*.

—¿Qué haces en mi cuarto? —protestó Clara sin sacarse el dedo de la boca.

Los niños se estaban peleando todo el tiempo.

—Vengo a admirar tu sueño, adorada hermanita —respondió Laurent. Y continuó en el mismo tono irónico:

—¡Es una delicia observarte mientras te deslizas al país de los sueños con el dedo en la boca, angelito mío!

—¡Bah! —exclamó Clara—. Chi te quedach aquí, lo que voy a hacer ech tirarme de cabeza al paích de lach pechadillach...

Se chupaba el pulgar como si fuera una botella de whisky.

—¡Ni hablar! —dijo Laurent en tono seductor—. Besaré tu delicada frente cuando duermas, como el Príncipe Azul.

—¡Bah! —repitió Clara—. Entoncech tendré la imprechión de que me becha una babocha... ¡Y me chaldrán granoch!

—En ese caso, lo que puedes hacer es subirte el pijama hasta la frente —se burló Laurent. Y añadió, con una especie de reverencia caricaturesca—: ¡Hermanita querida de mi corazón!

De repente, Clara se sacó el pulgar de la boca:

—¡Sal de aquí o llamo a la policía!

Y añadió mil amables palabras que no figuran en el diccionario. Pero al final, a fuerza de repetirlas, se durmió. Puf. Otra vez se estaba chupando el pulgar. Su hermano se acomodó en la butaca para contar con cuántos gángsters iba a acabar Tintín en 52 páginas. Refunfuñó y dijo a propósito de su hermana menor:

—Lo más probable es que esta brujilla duerma a pierna suelta y nos haga perder el tiempo…

Apagó la luz y sólo dejó encendida la lámpara de la mesita de noche. Su hermana se puso a roncar. Entonces, él empezó a silbar. Cuando ella aspiraba por la nariz, él silbaba. Clara se dio la vuelta en la cama, sin despertarse, y se calló. Laurent continuó su lectura. De repente, un extraño chirrido metálico sonó en la habitación.

—¿Eh? —dijo Laurent.

Se incorporó. Se oyó un segundo chirrido. Luego otro. Otro más. Eran chirridos armónicos, como si se tratara de un lenguaje metálico. Laurent cerró el libro.

—¡Cuidado! —murmuró el muchacho—. ¡La aventura está a punto de empezar!

Nuevos chirridos. La cama se movía.

—¡Rayos y centellas! —exclamó Laurent en voz baja, apropián-

dose de la expresión favorita de su padre. Y añadió—:
Yo incluso diría más: ¡rayos y centellas!

Dio un salto y, de puntillas, se acercó a la puerta de
la habitación y la abrió. La luz del pasillo iluminó una
escena inverosímil: la cama cobraba vida, se agitaba…
El muchacho corrió a avisar a sus padres:

—¡Papá! ¡Mamá! ¡Ha ocurrido!

—¿Qué es lo que ha ocurrido? —preguntó el padre.

—¡Clara!

—¿Es sonámbula? —preguntó, muy preocupada, la
madre.

—¡No! Es… Es…

—¿Es qué? —preguntó el padre.

—¡Es su cama!

—¿Qué?

La madre ya había echado a correr hacia la habitación. El padre y Laurent la siguieron. Llegaron a tiempo para ver cómo la cama de Clara salía tranquilamente por la ventana. Clara dormía en ella chupándose el pulgar y no se había dado cuenta de nada. La madre lanzo un grito de espanto, pero la cama, sin inmutarse, se fue, balanceándose ligeramente.

—¡Ay! ¡Vivimos en un primer piso!

La madre se desmayó. El padre la cogió en brazos. Laurent se dirigió corriendo a la ventana y se asomó. Se volvió para tranquilizar a sus padres:

—¡A Clara no le ha pasado nada! La cama ha posado sus patas en la acera y ahora está andando por la calle.

El padre soltó un juramento. Sentó a la madre en la butaca, acudió a la ventana y vio cómo la cama se esfumaba contoneándose por la calle Marcel-Aymé. El padre soltó un segundo juramento. (Como no hemos reproducido el primero, no reproduciremos el segundo.) Dio media vuelta y se lanzó como una flecha al pasillo, y de allí, a la escalera. No había tenido tiempo de ponerse un par de zapatos y corría en zapatillas. Perdió más de un minuto abriendo la cerradura de la puerta y bajó a toda velocidad la escalera del edificio. La madre había vuelto en sí y le seguía con Laurent. (Creo que dejaron la puerta del piso abierta de par en par.) Cuando llegaron a la acera, distinguieron a lo lejos, en la noche, la masa imprecisa de la cama móvil, que parecía un enorme anciano noctámbulo. El padre agitaba los brazos como un molino de viento. Laurent apretó el paso, y su madre se quedó rezagada. La tranquilizó:

—¡Vuelve, mamá! ¡Papá y yo nos ocuparemos de todo!

Alcanzó a su padre. La madre se detuvo. Vio cómo el padre y el hijo desaparecían por la esquina de la calle detrás de la cama fugitiva. Entonces volvió a su casa.

—¡Mi hija! ¡Mi preciosa! —murmuraba—. ¡Mi tesoro! ¡Mi pastelito de nata!

El pastelito de nata dormía apaciblemente en la juerguista cama. Laurent corría al lado de su padre, muy molesto por culpa de las zapatillas. El chico le gritó:

—Papá, tenías que haberte calzado las deportivas.

El padre puso cara de asombro y dijo, sin dejar de correr lo más deprisa que podía:

—¡No tienes un pelo de tonto, grumetillo! *Indudablemente* algo haremos contigo si antes no te comen los cerdos. ¡Recuérdame que te lo diga si lo olvido!

—¿Dónde está la cama? —preguntó Laurent riendo.

—Justo delante de nosotros —replicó el padre—. La he visto cruzar la plaza y dirigirse a la calle Mouffetard.

—¡Voy a atraparla! —decidió Laurent.

Cambió de velocidad y arrancó. El padre no le siguió, porque no tenía más remedio que encoger los dedos de los pies para no perder las zapatillas.

—¡Espérame, grumetillo! —gritó.

—¡Pues quítate las pantuflas! —le contestó Laurent, sin volverse.

El padre se quitó las pantuflas y continuó la carrera en calcetines. Se reunió con su hijo. Llevaba las zapatillas en la mano.

—¡Buena
idea, grumetillo! —le
dijo—. *Innegablemente* haremos un cerdo de ti si algo no te
come antes —Laurent se echó a reír—.
¿Dónde está tu madre?

—En casa.

—Espero que se le haya ocurrido llamar a la policía
—dijo el padre.

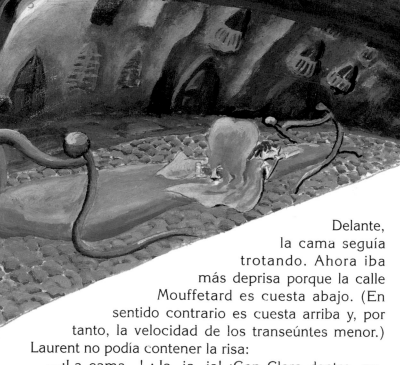

Delante,
la cama seguía
trotando. Ahora iba
más deprisa porque la calle
Mouffetard es cuesta abajo. (En
sentido contrario es cuesta arriba y, por
tanto, la velocidad de los transeúntes menor.)
Laurent no podía contener la risa:

—¡La cama...! ¡Ja, ja, ja! ¡Con Clara dentro, parece un dromedario! ¡Y la joroba es ella, debajo de las mantas!

—¡Es el hada *Clarajoroba!* —replicó el padre.

Laurent se reía a mandíbula batiente. El padre añadió, sin aliento:

—Esperemos que el dromedario se detenga a beber un trago en el próximo oasis... Entonces, aprovecharemos para capturarlo.

—¡Le llevaremos al zoo! —continuó bromeando Laurent—. ¡Sería divertido exponer una cama en una jaula!

—A veces —replicó el padre— aparecen camas en los árboles, y tienen un nombre: camas-nido.

Hizo esta afirmación tan seriamente que Laurent se le quedó mirando con el ceño fruncido. Luego, comprendió que su padre bromeaba y se echó a reír. La cama dromedario huía ante ellos.

—¡Menos mal que la calle está desierta! —dijo el padre.

—¡Sí! —afirmó Laurent—. Sería horrible que otra cama viniera en sentido contrario. ¡Ja, ja, ja! ¡Se produciría un embotellamiento!

—Por esa razón —explicó el padre—, la prefectura de policía prohíbe la circulación de camas en París en las horas punta.

—¿De verdad? —preguntó Laurent.

Inmediatamente se dio cuenta de que su padre hablaba en broma, y soltó una carcajada. Un vagabundo, de esos que hurgan en las basuras, levantó la cabeza cuando la cama pasó por su lado:

—¡Diablos! —dijo—. ¡Una cama trotadora! ¿La has visto, Tatave?

Tatave, su compañero, ni siquiera se volvió, y preguntó:

—¿Y de qué marca era? ¿Peugeot o Citroën?

El primer vagabundo se rascó la cabeza cuando Laurent y su padre pasaron también por su lado corriendo a toda velocidad.

—¡Tatave! —exclamó el vagabundo—. ¡Acabo de ver a dos tipos persiguiendo la cama!

—Seguro que el conductor no tiene carné de conducir —replicó Tatave sin mirar.

Los perseguidores hacían lo posible por no quedarse rezagados. Iban recuperando poco a poco la ventaja que les sacaba la cama.

—¡Claraaa! —gritó Laurent.

—¡No la llames! —le recomendó su padre—. Si la despiertas, es probable que tenga miedo y se caiga.

El padre tenía razón. La persecución prosiguió en silencio. Estaban llegando al final de la calle Mouffetard cuando apareció un coche en sentido contrario. El conductor vio que la cama corría a su encuentro, y, para evitarla, giró rápidamente el volante y se montó en la acera. El coche quedó inmovilizado. El conductor bajó la ventanilla: vio llegar al padre y a Laurent. Farfulló:

—Era... Era una niña... durmiendo... durmiendo... en una cama.

—¡Por supuesto! —le replicó el padre—. A estas horas, ¿dónde quiere que esté?

—Claro... —dijo el automovilista, impresionado.

El padre se acercó al coche:

—¡Vamos! —ordenó—. ¡Dé media vuelta y atrape esa cama!

—Claro... Yo... Sí, suban —dijo el automovilista.

Laurent y su padre se instalaron en el interior del coche. El conductor arrancó. El vehículo, en la empinada callejuela, dio media vuelta derrapando, con una maniobra digna de un piloto de carreras.

—¡Avante toda! —exigió el padre de Laurent.

El coche salió disparado. Pronto la cama apareció ante su vista. Trotaba por el centro de la avenida Gobelins, levantando una pata después de otra. Tac, tac, tac...

—Es... Es... —tartamudeó el conductor ante semejante espectáculo.

—Es una cama —dijo el padre.

—No. Es... ¡Es fantástico! —dijo el conductor.

21

—¡Perdón! ¡Es *pequefantástico!* —corrigió Laurent con el índice levantado.

—¿Cómo? —preguntó el chófer.

—¡Adelante, a la cama! —ordenó el padre.

El conductor aceleró. El coche adelantó a la infatigable cama. Laurent vio a su hermana, tranquilamente acurrucada bajo las mantas, con su oso de peluche en una mano, y el pulgar de la otra mano en la boca.

—¡Desde luego, la más feliz es ella! —refunfuñó Laurent.

El coche adelantó a la cama.

—¡Echad el ancla! *¡Stop!* —gritó el padre.

El conductor pisó el freno. El coche zigzagueó y se detuvo junto a la acera. Laurent y su padre se bajaron corriendo para hacer frente a la cama, que venía hacia ellos. Abrieron los brazos para cerrarle el paso, como suele hacerse para acorralar a un animal salvaje. La cama dio un rodeo. Cualquiera hubiera jurado que trataba de evitarles.

—¡Se escapa! —gritó el padre echándose hacia delante, como un jugador de rugby, para agarrar la pata izquierda de la cama.

No lo consiguió y rodó por el suelo. Se levantó. La cama se había ido galopando.

—¡Laurent! —llamó el padre.

No hubo respuesta. El automovilista se había acercado a ayudar al padre:

—¿Busca a su hijo? Le he visto subir a la cama.

—¡Rayos y centellas! —dijo el padre.

—¡Mire! ¡La cama intenta librarse de él!

Más arriba, en la avenida, la cama se encabritaba, coceaba, se contorsionaba como un potro salvaje, y

Laurent se agarraba a su cabeza como uno de esos jinetes que participan en los rodeos.

—¡Menos mal que Clara está bien arropada! —exclamó el padre.

Luego, gritó:

—¡Agárrate, Laurent! ¡Sujétate fuerte!

—¡Es valiente el muchacho! —afirmó el conductor.

—Sí —dijo el padre—. *Inevitablemente* algo haremos con él si antes no le comen los cerdos.

Estaba sin aliento, y al caerse se había hecho daño en el hombro. El conductor y él vieron cómo la cama corría a lo lejos hacia la plaza de Italie y la rodeaba...

—¿Quiere que le lleve a su casa? —ofreció el conductor.

Dieron media vuelta. La madre esperaba en el piso, acompañada por dos agentes de policía. Se asustó al ver que su marido volvía sin sus hijos. Él la consoló:

—Todo va bien, Laurent está con su hermana...

Y contó la persecución que habían llevado a cabo.

—La cama desapareció en la plaza de Italie —concluyó el conductor del automóvil.

Los agentes de policía bajaron la escalera, saltando los escalones de tres en tres. Su coche arrancó inmediatamente, y los padres oyeron a uno de los agentes de policía hablar por radio, como habían visto hacer en los telefilmes americanos de la televisión: «¡Llamada a todas las patrullas! ¡Llamada a todas las patrullas!»

Los padres dieron las gracias al conductor. Éste les dejó, tras haberle prometido que le darían noticias de los niños.

—¡Volverán! —dijo—. Por lo que ustedes dicen, esa cama ya ha salido antes y siempre ha vuelto, ¿no?

—¡Eso esperamos! —respondió el padre.

El conductor se fue, y el padre y la madre se quedaron silenciosos y solos en el cuarto de estar. Habían dejado la ventana abierta y estaban atentos a los ruidos de la calle. El padre se hallaba tan preocupado que había olvidado ponerse de nuevo las zapatillas, que todavía llevaba en la mano:

—Tienes los calcetines rotos —murmuró la madre.

Los dedos gordos de los pies decían cucú por los agujeros cuando el padre los movía. Se puso las pantuflas. Empezó la espera. El padre y la madre dormitaban cuando un chirrido les sobresaltó:

—¡La cama! —susurró el padre.

Se precipitaron a la ventana. La cama, con toda la calma del mundo, volvía por la calle Marcel-Aymé. Clara y Laurent dormían en ella, uno al lado de otro.

—¡Apaguemos! —dijo el padre corriendo hacia el interruptor.

Temía que la cama, después de su escapada, no se atreviera a entrar en la habitación por culpa de la luz. Volvió a la ventana. La cama se balanceaba a los pies del edificio. Los padres vieron cómo apoyaba las patas delanteras contra el muro como si fuera una cabra.

—Pasemos a la habitación de Clara —susurró el padre.

Cuando entraron en ella sigilosamente, las patas de la cama pasaban por el antepecho de la ventana.

La cama se elevó sin esfuerzo, salvó el obstáculo y se posó en la habitación. Se dirigió a su rincón habitual y ya no se movió. La madre quería abalanzarse hacia sus hijos, pero el padre la detuvo:

—Dejémosles dormir. Para una vez que no se pelean...

Clara dormía con el dedo en la boca, y Laurent, con un brazo debajo de la cabeza. A pesar de todo, la madre cerró la ventana, por seguridad.

—Tendremos que clavar la cama en el suelo —dijo—. No me gusta que Clara se vaya de paseo todas las noches...

Los padres se retiraron de puntillas. Antes de acostarse, la madre inspeccionó su cama con desconfianza. Se preguntaba si no se dedicaría a deambular, como la de su hija, sin que llegaran jamás a darse cuenta. El padre pensaba en Laurent. Movió la cabeza y sonrió:

—Seguro que haremos algo con él si antes no le comen los cerdos.

El niño lanzador de libros

En clase, los alumnos estaban haciendo un deber de gramática. Señalaban los verbos, los sujetos, y los complementos del texto, subrayaban los nombres y los adjetivos calificativos. Manon se acercó sin hacer ruido a la mesa del maestro y le susurró:

—¿No sabes...?

Tuteaba al maestro.

—No, pero lo voy a saber.

—Valérien lanza libros por la ventana.

—¿Qué?

El maestro levantó la cabeza. Fuera hacía un tiempo magnífico y la ventana estaba abierta de par en par. La dulce Manon repitió:

—Le he visto hacerlo. Coge sus libros y los lanza por la ventana.

—Pero... —balbuceó el maestro, sorprendido.

Se levantó y se dirigió hacia la mesa de Valérien:

—Valérien, enséñame tus libros...

Valérien abrió la boca, pero no emitió un solo sonido. Luego apretó los labios, puso los dientes de la mandíbula superior sobre el labio inferior, con claras muestras de turbación.

—Enséñame tus libros —repitió el maestro.

Valérien siguió sin decir esta boca es mía. El maestro fue a mirar por la ventana. Se asomó para examinar el patio, dos pisos más abajo. Ni rastro de libros. Ni rastro de libros, tampoco, en las acacias.

El maestro volvió a situarse ante la mesa de Valérien:

—¿Dónde están tus libros?

Valérien alargó tímidamente el índice en dirección a la ventana. Los alumnos habían abandonado el trabajo y Manon les estaba informando:

—Ha lanzado sus libros por la ventana.

—¡Oh!

—¡Es verdad! —confirmó Quentin—. Yo también le he visto hacerlo. Ha lanzado incluso libros de la biblioteca.

Valérien guardaba silencio mordiéndose un dedo.

—¿Es verdad? —preguntó el maestro.

Valérien inclinó la cabeza varias veces.

—Pero, ¿por qué? —exclamó el maestro—. ¿Y dónde están los libros?

—Van a volver —murmuró Valérien.

—Naturalmente —ironizó el maestro—. Subirán por la escalera y llamarán a la puerta…

Valérien movió la cabeza y sonrió tímidamente:

—No —dijo—. Así, no.

—¿Cuántos libros has lanzado?

—Diez…

—¡Diez! —exclamó el maestro—. Pero, ¿por qué?

Valérien bajo la cabeza. Masculló:

—Van a volver. Algunos han vuelto ya.

—¿Adónde los has lanzado? ¿Al patio?

—No. Al aire.

Al final, el maestro se enfadó. A los alumnos también les parecía que su compañero se había pasado de la raya. ¡Los libros no se lanzan como si fueran piedras!

—Ve a recogerlos —ordenó el maestro—. Procura traerlos todos.

Pero Valérien no se movió. Dijo:

—Los libros no están en el patio.

—¿Dónde están? No se habrán ido a pasear, ¿verdad?

—Sí.

De repente, el maestro retrocedió como si acabara de oír una barbaridad. Un murmullo recorrió la clase. Se notaba que el señor Lebois hacía enormes esfuerzos por conservar la calma.

—¿Qué libros has lanzado? —preguntó después de respirar profundamente.

—El libro de matemáticas, el libro de lectura, el libro de gramática, el libro de geografía, el libro de historia de Francia, el libro de ciencias, el cuaderno de poesías, el...

—¿También has lanzado cuadernos?

—Sí.

—¿Y qué más?

—La agenda de direcciones.

—¿Y algo más?

—Tres libros de la biblioteca, dos tebeos y un diccionario.

—¡Un diccionario!

El maestro volvió a la ventana y se asomó, presa de gran desesperación. En el patio no había nada. Alguien lo había recogido todo. El maestro se dirigió a Manon:

—¿Tú le has visto lanzar los libros?

—Sí.

—Yo también —dijo Quentin—. Los lanzaba como si fueran aviones.

—¿Cómo?

—Los libros echaban a volar por los aires.

—Pero, ¿cómo?

Para hacerse comprender, Quentin se levantó, abrió los brazos y los agitó como si fueran las alas de un pájaro:

Así —dijo—. Las alas eran las páginas.

Los alumnos soltaron una carcajada. El maestro les mandó callar. Siguió hablando con Quentin:

—¿Quieres decir que los libros se elevaban por los aires?

—Sí. Despegaban de la ventana. Pero era Valérien el que los lanzaba.

El maestro se llevó la mano derecha a la barbilla. Estaba perplejo:

—¿Y dónde están los libros ahora?

Valérien hizo un gesto de ignorancia. Extendió la mano hacia delante y respondió:

—Lejos. Viajando.

Y se apresuró a añadir, para no disgustar al señor Lebois:

—¡Pero volverán! ¡Siempre vuelven!

El maestro frunció el ceño. A los maestros no les gusta que se lancen libros por la ventana; es su único defecto.

—Valérien —dijo—, sal a la pizarra y explícate.

Valérien obedeció. El maestro se sentó a su mesa. Los alumnos prestaron atención al lanzador de libros.

—Te escuchamos —dijo el maestro.

—Muy bien —dijo Valérien—, cojo los libros...

—¿Cómo lo haces? Muéstranoslo.

Valérien agarró un libro de la mesa de Florie, pero la niña protestó y se lo arrancó de las manos:

—¡No! ¡El mío, no!

—Toma éste —dijo el maestro confiando a Valérien un libro que le pertenecía—. Muéstranos cómo lo lanzas.

Valérien agarró el libro entre el pulgar y el índice de la mano derecha. El lomo del libro se encontraba hacia abajo y las páginas abiertas hacia arriba. Lo levantó y extendió la mano izquierda hacia delante para hacer contrapeso, mientras él se apoyaba sobre la pierna derecha. Se quedó inmóvil, esperando:

—¿De verdad quiere que lo lance? —preguntó.

—¡Lánzalo! —ordenó el maestro.

Entonces, Valérien lanzó el libro por la ventana. Éste emprendió el vuelo como un avión de papel, con la diferencia de que batía las páginas. El maestro se precipitó a la ventana y miró hacia el suelo, al lugar donde el libro hubiera tenido que caer. Pero el libro no caía; por el contrario, se elevaba por encima de los árboles del patio. Los alumnos se abalanzaron en tromba a las ventanas, llenos de curiosidad. El libro volaba. Describió un amplio círculo, pareció orientarse, y de repente se dirigió aleteando (perdón: paginando) hacia el Sena. El maestro se había puesto de pie:

—¡Caracoles!

—¡Camarones! —respondió la clase.

—¡Mi padre siempre dice rayos y centellas! —añadió Clara.

Todo el mundo volvió a sentarse. Valérien se había quedado en la pizarra; los alumnos se concedieron un instante de reflexión.

—Pero, ¿adónde van los libros? —preguntó el maestro tras la pausa.

—Depende —respondió Valérien.

—¿De qué?

—Unas veces van muy lejos, otras veces no. Y algunas veces...

Valérien se interrumpió y señaló la ventana abierta:

—¡Precisamente ahí vuelve uno!

La clase se abalanzó hacia las ventanas. Un libro llegaba del Oeste, y no era el que Valérien acababa de lanzar.

—¡Apartaos de la ventana! —dijo el maestro.

El libro batía las páginas. Sobrevoló por encima de las cabezas de los niños y se posó en la mesa de Valérien. Estaba

$$\downarrow F = X \times X + \frac{T \times X \times Z}{C + \sqrt{L}} \times P°$$

inmóvil, pero el maestro y los alumnos lo miraban con recelo. Era el libro de matemáticas.

—¿De dónde viene? —susurró Quentin.

Había bajado la voz como si el libro pudiera oírle.

—¿No echará a volar de nuevo? —preguntó el maestro.

—No —respondió Valérien—. Sólo vuela si yo lo lanzo.

—¿De dónde viene?

Valérien avanzó entre las mesas y se apoderó del libro. Lo abrió y leyó unas líneas en silencio. Todo el mundo esperaba.

—Habla.

—Viene de Bretaña —anunció Valérien.

—¿Cómo lo sabes? —exclamó, asombrado, el maestro, alzando la voz sobre el murmullo general.

Valérien continuó la lectura. Se tomó su tiempo para precisar:

—Se ha desencadenado una tempestad al norte de la

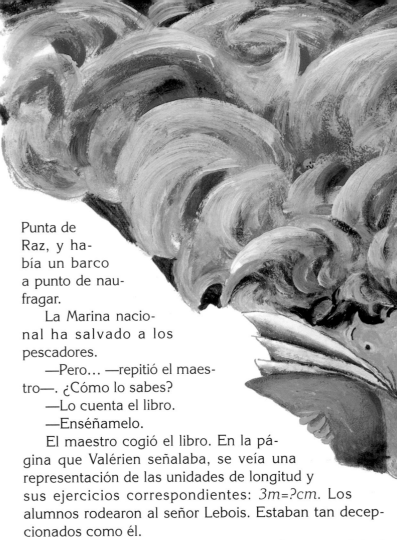

Punta de
Raz, y ha-
bía un barco
a punto de nau-
fragar.

La Marina nacio-
nal ha salvado a los
pescadores.

—Pero... —repitió el maestro—. ¿Cómo lo sabes?

—Lo cuenta el libro.

—Enséñamelo.

El maestro cogió el libro. En la pá-
gina que Valérien señalaba, se veía una
representación de las unidades de longitud y
sus ejercicios correspondientes: $3m=?cm$. Los
alumnos rodearon al señor Lebois. Estaban tan decepcionados como él.

—¡Pretendes burlarte de nosotros! —reprochó el
maestro a Valérien—. En este libro sólo hay ejercicios
de matemáticas.

—¡No es verdad! —protestó Valérien—. La tempestad se ha desencadenado en el mar y...

—¡Etcétera, etcétera! —le cortó el maestro—. El libro dice que un metro vale cien centímetros y que cien centímetros valen un metro.

—¡Pues es verdad que ha habido una tempestad! —se defendió Valérien.

—¡Lo comprobaremos! —prometió el maestro.

Alexandre levantó el dedo. Se le había ocurrido una idea:

—Si Valérien dice la verdad, podrá leer el nombre del barco naufragado.

—¡Buena idea! —exclamó el señor Lebois.

Valérien consultó el libro. Se podía constatar, observando sus ojos, que realmente estaba leyendo algo, aunque no se vieran líneas escritas. Por fin, declaró:

—Era un pesquero de Concarneau que se llamaba *La Belle Annick*. El remolcador de la Marina nacional es *Le Bienvenu*.

El señor Lebois abrió unos ojos como platos. En la clase se hubiera podido oír toser a una mosca, si las moscas hubieran tenido bronquitis. Valérien continuó su relato:

—El patrón del pesquero, el señor Dantec, fue rescatado con su tripulación de tres marineros-pescadores. En este momento se dirigen a Brest. Pero el pesquero se ha ido a pique.

Silencio en la clase. Annelise preguntó, recelosa:

—¿Lo cuenta el libro?

—Sí —confirmó Valérien—. Precisamente, estaba viajando por esa zona. Ha traído sus recuerdos.

—¿Y qué cuentan las demás páginas? —preguntó Sivane, tan desconfiada como Annelise.

Valérien hojeó el libro viajero:

—Ha sobrevolado la ciudad de Rennes. Ha asistido a una manifestación de campesinos. Habían metido cerdos en los pasillos de la prefectura y bombardeado al prefecto con alcachofas.

Todo el mundo se había quedado atónito. Valérien siguió hablando:

—Pensaba ir a Estados Unidos, pero ha preferido volver para no tener que enfrentarse a la tempestad. Parece ser que en el mar las olas eran tan altas como...

Valérien se interrumpió y dirigió la mirada hacia la ventana. Los demás niños también se volvieron en esa dirección:

—¡Ahí llega otro libro!

Venía muy deprisa. Se metió en la clase y dio una vuelta a ras del suelo antes de aterrizar en la mesa de Valérien. Era el libro de gramática. El maestro lo cogió con precaución.

—¿Qué dice? ¿De dónde viene? —se impacientaron los niños.

—Lo ignoro —confesó el maestro—. No leo más que ejercicios de gramática.

—Porque usted no mira las páginas como es debido —dijo Valérien.

—¿Y cómo hay que mirar?

—Hay que hacer como si cerráramos los ojos al leer las palabras.

—¿Cómo dices?

—Naturalmente —repuso Valérien—, no los cerramos de verdad. Si no, no entenderíamos nada. Hay que leer haciendo *como* si cerráramos los ojos.

—¿Como si soñáramos? —preguntó Anaïs.

—Sí.

El maestro lo intentó. Pero palideció y exclamó.

—¡Fantástico!

—¡No, *pequefantástico!* —corrigió la clase en una sola voz.

—¡Extraordinario!

Los niños esperaban, pendientes de sus labios.

—El libro viene del Norte. La tempestad ha hecho estragos en La Mancha. El hidroplano entre Francia e Inglaterra ha tenido que dar la vuelta por el mal tiempo.

El maestro dejó el libro sobre la mesa. Estaba alucinado (el maestro, no el libro). Entonces, los libros que venían de fuera sabían mucho más que los libros escolares... Era el mundo al revés. Los alumnos se abalanzaron sobre el libro de gramática de Valérien. Estaban ávidos de noticias frescas. En ese preciso momento, otros libros volvían a su base planeando. Los más curiosos los acapararon. Nunca antes habían manifestado un ansia semejante de lectura. Lanzaban las informaciones que iban descifrando en forma de gritos de alegría:

—¡Oh! —exclamó Julie ante un libro de geografía—. ¡La reina de Moldavia ha tenido trillizos!

—¡Oh! —exclamó Silvane ante un libro de ciencias que acababa de ejecutar una maravillosa acrobacia antes de aterrizar—. Han encontrado las huellas del abominable hombre de las nieves en la Alta Saboya...

—¡Oh! —se rió Erwan—. Un alemán, muy original, ha llenado su piscina con cerveza de Munich.

Los libros aportaban una enorme cantidad de noticias apasionantes.

—¡Podríamos vendérselas a los periódicos! —dijo Renaud.

—O convertirnos nosotros en periodistas —dijo Annelise.

—¡Toda la clase! —añadió Florie.

—¡Sí! ¡Sí!

Valérien lanzó más libros en busca de noticias. El maestro se había repuesto de sus emociones.

—Dejaremos siempre la ventana abierta —propuso—. A medida que lleguen las noticias, las escribiremos en folios que clavaréis con chinchetas en las paredes de la clase. Haremos fotocopias para todos los alumnos de la escuela. ¿Quién quiere encargarse de este trabajo?

—¡Yo! ¡Yo! ¡Yo!

Todos querían trabajar. El maestro estableció unos turnos para que colaboraran todos.

—Y ahora —dijo—, yo también tengo una noticia que comunicaros.

Todo el mundo prestó atención.

Vuestro deber de gramática no está terminado y os espera.

Los niños lanzaron un murmullo de desaprobación. Pero se pusieron a trabajar. Si querían llegar a ser periodistas, no tenían más remedio que aprender bien su idioma.

El niño que tomaba a los demás al pie de la letra

Jérémie quería divertirse. En ese momento, el maestro estaba preguntando a Popaul la tabla de multiplicar por 7, y Popaul recitaba en la pizarra:

—1 por 7 = 7; 2 por 7 = 14; 3 por 7 = 21; ejem... ejem...

Siempre que Popaul recitaba, pasaba lo mismo. Carraspeaba como si fuera a escupir en el suelo. Gesticulaba y se quedaba bloqueado.

—¡Vamos, Popaul! —dijo el maestro—. ¡Continúa!

—La continuación, en el próximo número —dijo Emilie, en tono burlón.

El desdichado Popaul ni siquiera podía tragar saliva. Se había llevado las manos al cuello y lanzaba tales gruñidos que la clase no podía evitar partirse de risa. Era algo así: «Aarrr... Grrr... Ruummm... Rrraaa...»

—¡Nos va a escupir encima! —exclamó Florie, y se cambió de sitio, pues estaba en la primera fila.

Los esfuerzos de Popaul eran enormes. Hizo como si tragara algo y dijo:

—Aajjj... Tengo una bola en la gaarrganta...

¡Oh! ¡La clase lanzó un grito! Popaul acababa de escupir una enorme bola brillante que rodó por el suelo.

—¡Caramba! —exclamó el maestro.

—¡Caramba, qué gamba! —respondió la clase, que adoraba la poesía, como se puede comprobar.

—Mi padre dice rayos y centellas —dijo Clara.

—¡Ya nos lo has dicho! —contestó Karen.

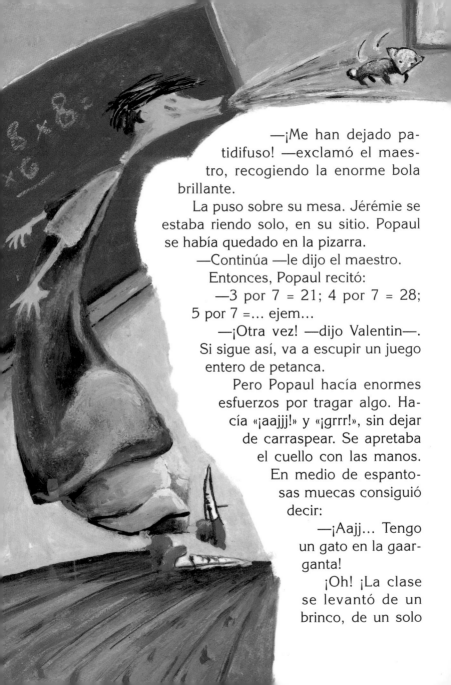

—¡Me han dejado pa-
tidifuso! —exclamó el maestro, recogiendo la enorme bola
brillante.

La puso sobre su mesa. Jérémie se
estaba riendo solo, en su sitio. Popaul
se había quedado en la pizarra.

—Continúa —le dijo el maestro.

Entonces, Popaul recitó:

—3 por 7 = 21; 4 por 7 = 28;
5 por 7 =... ejem...

—¡Otra vez! —dijo Valentin—.
Si sigue así, va a escupir un juego
entero de petanca.

Pero Popaul hacía enormes
esfuerzos por tragar algo. Hacía «¡aajjj!» y «¡grrr!», sin dejar
de carraspear. Se apretaba
el cuello con las manos.
En medio de espanto-
sas muecas consiguió
decir:

—¡Aajj... Tengo
un gato en la gaar-
ganta!

¡Oh! ¡La clase
se levantó de un
brinco, de un solo

brinco!
Popaul acababa
de escupir un gato
gris que atravesó el aula
sin mirar a nadie y salió corriendo al pasillo por el resquicio
de la puerta.

—¡Caracoles! —exclamó el maestro.

—¡Qué melones! —replicó la clase para
hacer una rima.

—Mi padre... —empezó Clara...

—...dice rayos y centellas —acabó Valérien en tono
de hastío—. Ya nos lo has dicho.

Entonces Popaul, restablecido, se puso a recitar la
tabla de multiplicar a toda velocidad:

—6 por 7 = 42; 7 por 7 = 49; 8 por 7 = ...ejem...
ejem...

—¡Ya está el lío armado! —bromeó Valentin

Popaul había empezado otra vez a hacer aspavien-
tos, y la clase se estaba divirtiendo.

—Y ahora, ¿qué va a escupir? —preguntó Annelise—. ¿Un hipopótamo?

—¡No os riáis! —protestó Julie—. ¡No es culpa
suya!

—¡Es verdad! —corroboró Anaïs, su hermana gemela.

(Reconocerlas era fácil: Anaïs siempre se peinaba

41

con una coleta muy alta en forma de palmera, mientras que Julie llevaba el pelo suelto.)

—Y ahora, Popaul, ¿qué te pasa? —se impacientó el maestro.

—¡Aaajjj... Tengo un nudo en la garganta!

¡Oh! La clase y el maestro se pusieron de pie y lanzaron una larga exclamación al ver cómo el cuello del desdichado Popaul se estiraba, se estiraba, se estiraba. Y de repente, la cabeza se agachó, pasó por la lazada, y en el cuello se formó un grueso nudo.

—¡Rayos y centellas! —exclamó el maestro para dar gusto a Clara.

—¡Rayos y centellas! —repitió la clase.

Clara había triunfado.

—¡En esta clase pasan cosas muy extrañas! —dijo el maestro.

Jérémie no paraba de reír. Popaul se agarraba la cabeza con las dos manos para desatarse el cuello. El maestro y algunos alumnos acudieron en su auxilio. Alexandre tiraba de los hombros de su compañero hacia abajo mientras Annelise intentaba deslizar la cabeza de Popaul por la lazada que acababa de aflojar. Popaul gesticulaba, se quejaba de que le tiraban de las orejas. Al final, recuperó su forma natural. Entonces, sin preocuparse de los que le preguntaban por su estado de salud, recitó de un tirón la tabla de multiplicar:

—8 por 7 = 56; 9 por 7 = 63; 10 por 7 = 70.

¡Uf! Había terminado.

Se dirigió hacia su sitio. El maestro le preguntó:

—¿Todo va bien, Popaul?

—¡Sobre ruedas! —respondió Popaul mientras avanzaba.

¡Oh! ¡Siguió su camino sobre un par de patines de ruedas!

Se cayó de culo. Todo el mundo se echó a reír.

—¡Caracoles! —exclamó el maestro acariciándose la barbilla—. Decididamente, todo esto es fantástico.

—¡No! ¡*Pequefantástico*! —corrigió Emilie en tono un poco redicho—. Sin duda, alguien en la clase tiene un poder.

Los alumnos asintieron. Se miraron unos a otros con recelo. ¿Quién tenía un poder? Y sobre todo: ¿de qué poder se trataba? Popaul se levantó agarrándose a la mesa de Mickaël. No podía mantener el equilibrio por culpa de los patines. Mickaël le ayudó a volver a su sitio.

—Realmente —declaró el maestro—, pasan cosas sorprendentes.

—¡Como de brujería! —refunfuñó Renaud—. ¡Pondría la mano en el fuego!

¡Oh! Los compañeros que estaban más cerca de él huyeron despavoridos porque la mano de Renaud ardía con enormes llamas. El niño corrió a meterla en un cubo de agua. El maestro no tuvo más remedio que rendirse a la evidencia: la mano no tenía nada.

—¿Te encuentras bien, Renaud? —quiso saber.

Renaud estaba disgustado. Gruñó:

—Es cosa de brujería, estoy seguro. Pero prefiero callarme. ¡Punto en boca! ¡Cerrada y cosida!

¡Oh! ¡Un hilo negro se le enrolló en los labios y los cosió como la espiral de un cuaderno! Renaud no podía abrir la boca y hacía «MMM, MMM» abriendo unos ojos como platos, llenos de espanto. El maestro cogió unas tijeras y, tris, tras, cortó el hilo y se lo quitó. El niño no había sentido nada, y el hilo no había dejado señales en sus labios. Pero esta vez Renaud se limitó a apretar los puños sin decir nada.

—Seguro que la culpable es una niña —masculló Barthélemy.

—¿Por qué una niña? —protestó Sivane.

—Porque las brujas siempre son chicas, todo el mundo lo sabe —replicó Barthélemy.

—¡Lo será tu hermana! —añadió Annelise.

—¡No tengo hermanas!

—¡Todas las chicas son brujas! —gritó Edilson.

—Si crees en esas tonterías —le soltó Annelise furiosa—, es que eres bobo. Cualquier día, te meterás el dedo en el ojo sin darte cuenta.

¡Oh! ¡Estupor! Edilson acababa de meterse el dedo en el ojo hasta la última falange. Sus compañeros acudieron en su auxilio, pero no fue necesario, porque el niño retiró el dedo sin ayuda de nadie. Tranquilizó a sus compañeros:

—No pasa nada. No he sentido nada...

Daba igual. En la clase ocurrían cosas que se salían de lo normal.

Y el alegre Jérémie seguía riéndose para sus adentros mientras sus compañeros comentaban el asunto.

—¡Es una locura! —dijo Sivane—. ¡Ya está bien de hacer el asno!

—Y a mí me va a costar encontrar un martillo para clavar el tornillo (con rima y todo) que os falta a todos —añadió Emilie.

¡Oh! ¡Oh! ¡Sivane se había transformado en asno! ¡Daba coces a su alrededor y empezó a galopar, rebuznando, por toda la clase! ¡Dio terribles patadas a la mesa del profesor! ¡Caracoleaba! Los niños se refugiaron subiéndose a las mesas. Al mismo tiempo, miraron a Emilie, horrorizados, porque la niña tenía

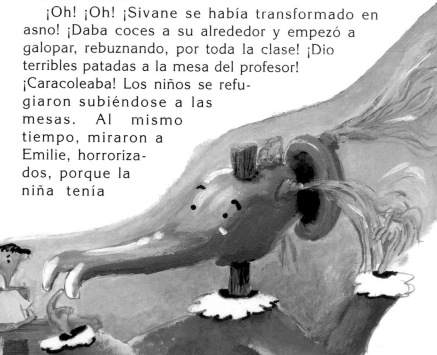

la cabeza en forma de martillo. Ella ni se había dado cuenta.

—¿Qué os pasa? ¿Queréis mi foto? —protestó.

¡Oh! Su cabeza se abrió, y de una ancha hendidura a la altura de la boca, surgió una fotografía como esas que hacen las cámaras fotográficas de revelado instantáneo.

—¡Qué veo! —exclamó Emilie cuando hubo escupido la foto, que la representaba con cabeza de martillo—. ¿Qué es este horror?

—Eres tú —le dijo Julie.

—¡Iii-aaa! —rebuznó Sivane, y galopó por toda la clase.

—¿Yo? —exclamó Emilie indignada.

Entonces agarró su cabeza con las dos manos y la destornilló. Sivane rebuznaba agitando las crines.

—Me pregunto quién es el causante de este desorden —dijo Julie.

—Pues yo no quiero saberlo. Como si me hubiera comido la lengua el gato... —le respondió su hermana gemela, Anaïs.

¡Oh! El gato de antes entró en la clase y saltó a la mesa de Anaïs, levantando la pata para quitarle la lengua. Camille y Florie le echaron a cuadernazos. Anaïs había pasado tanto miedo, que no paraba de temblar.

—¡Tiembla como una hoja! —dijo Florie.

¡Oh! Anaïs empezó a convertirse en una enorme hoja de árbol. Entonces, los alumnos comenzaron a lloriquear y a lanzar grititos histéricos. Pero el señor Lebois les tranquilizó:

—¡Por favor, niños! ¡Calma!

Acarició al burro Sivane para obligarla a estar tranquila. Los niños volvieron a sus puestos en silencio y el maestro continuó:

—Confieso que ignoro lo que está pasando hoy aquí. Normalmente, cuando uno de vosotros tiene un poder, comprendemos inmediatamente de qué se trata. Esta vez no entiendo nada. Estoy tan confuso, que me parece flotar en una nube. No siento ni los brazos...

¡Oh! ¡Los brazos del maestro cayeron al suelo! Los alumnos, al verlo, se dieron a la fuga. Todos en masa se dirigieron a la puerta, mientras Sivane seguía dando coces y rebuznando y el gato no paraba de correr de un lado a otro buscando la lengua de Anaïs.

—¡Esperad! —gritó el maestro—. ¡No os mováis!

Los niños se quedaron inmóviles. Miraban al maestro sin brazos y tenían miedo. El señor Lebois les tranquilizó:

—No siento absolutamente nada —dijo—, y estoy convencido de que todo se va a arreglar. Alexandre, ¿quieres devolverme mis brazos, por favor?

El niño se acercó cautelosamente. Aunque era el más fuerte de la clase, era también muy impresionable. Le espantaba ver aquellos brazos en el suelo. Movió la cabeza y se apoyó en una mesa. Estaba muy pálido.

—No... no puedo —farfulló—. ¡Me tiemblan tanto las piernas que ni las siento!

¡Oh! Sus dos piernas cayeron al suelo con los brazos del maestro, y el pobre Alexandre no tuvo más remedio que ponerse boca abajo sobre su mesa

para no des-
plomarse.
Se quejaba,
pero tam-
poco sentía
dolor alguno.

Entonces el
maestro se en-
fadó:

—¡Que el autor de este
desaguisado pare de una vez!
—pidió.

—¡Realmente, el que ha
hecho esto no tiene corazón!
—dijo Morgane.

A Morgane no se la ha-
bía oído hasta entonces, pero
su afirmación produjo un
efecto terrible: Jérémie se puso
pálido como una hoja de papel, y
se quedó tan inmóvil como una estatua de mármol. No se movía. Había dejado de
tener corazón y la sangre ya no le circulaba por el
cuerpo. La clase emitió un grito de espanto, y Morgane
se echó a llorar. Sus compañeras la consolaban.

—¡No es... no es culpa mía! —sollozaba Morgane—.
Yo solamente he dicho que...

—Escuchadme, niños —dijo el maestro—, creo haber adivinado lo que pasa. Sentaos...

Un murmullo de esperanza brotó de los labios de
los escolares.

—En primer lugar —pidió el maestro—, ¿quién

tiene
valor
para devol-
verme mis bra-
zos?

—¡Yo! —dijo Yassine.

Fue a recoger los bra-
zos y se los devolvió al

49

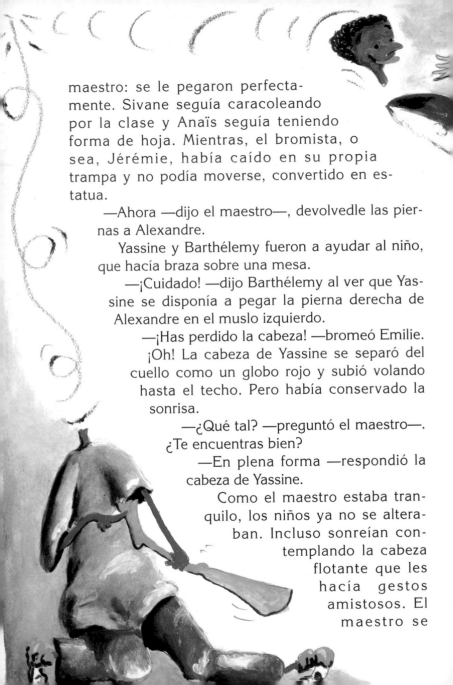

maestro: se le pegaron perfectamente. Sivane seguía caracoleando
por la clase y Anaïs seguía teniendo
forma de hoja. Mientras, el bromista, o
sea, Jérémie, había caído en su propia
trampa y no podía moverse, convertido en estatua.

—Ahora —dijo el maestro—, devolvedle las piernas a Alexandre.

Yassine y Barthélemy fueron a ayudar al niño,
que hacía braza sobre una mesa.

—¡Cuidado! —dijo Barthélemy al ver que Yassine se disponía a pegar la pierna derecha de
Alexandre en el muslo izquierdo.

—¡Has perdido la cabeza! —bromeó Emilie.
¡Oh! La cabeza de Yassine se separó del
cuello como un globo rojo y subió volando
hasta el techo. Pero había conservado la
sonrisa.

—¿Qué tal? —preguntó el maestro—.
¿Te encuentras bien?

—En plena forma —respondió la
cabeza de Yassine.

Como el maestro estaba tranquilo, los niños ya no se altera-
ban. Incluso sonreían con-
templando la cabeza
flotante que les
hacía gestos
amistosos. El
maestro se

encaramó a una mesa, agarró la cabeza por las orejas y la colocó en el cuello de su propietario. Yassine volvió a su sitio riendo, divertido por el percance que acababa de sufrir. El maestro escribió en la pizarra:

«Tener una bola en la garganta». «Tener un gato en la garganta». «Tener un nudo en la garganta». «Ir como sobre ruedas». «Poner la mano en el fuego». «Mantener la boca cosida». «Meterse el dedo en el ojo». «Convertirse en martillo». «Transformarse en asno». «Querer la propia foto». «Dar la lengua al gato». «Temblar como una hoja». «Caerse los brazos». «Quedarse sin piernas». «No tener corazón». «Perder la cabeza».

Los alumnos iban leyendo.

—Pero... —reaccionó Annelise la primera—. ¿Son las expresiones que hemos pronunciado?

—¡Es verdad! —afirmó Renaud—. He sido yo el que he dicho que...

—¡Sí! —exclamó Erwan—. ¡Todo lo que decimos se cumple!

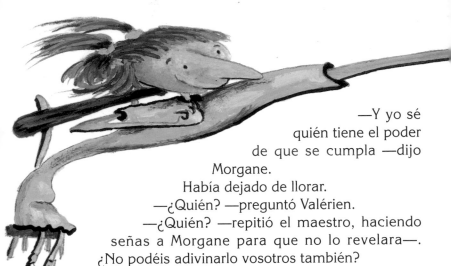

—Y yo sé
quién tiene el poder
de que se cumpla —dijo
Morgane.

Había dejado de llorar.

—¿Quién? —preguntó Valérien.

—¿Quién? —repitió el maestro, haciendo
señas a Morgane para que no lo revelara—.
¿No podéis adivinarlo vosotros también?

Los alumnos se miraron, se interrogaron sin
éxito. Había algunos que movían la cabeza para de-
fenderse de las acusaciones que sus compañeros pro-
nunciaban contra ellos. Interrogaban a Morgane, pero
ella, sonriendo, se negaba a contestar.

—Díselo —dijo el maestro.

—Es Jérémie —dijo ella.

—¿Jérémie? ¿Por qué?

El pobre Jérémie estaba petrificado. Aunque era
una estatua sonriente.

—No puede ser él —protestó Yassine—. ¡También
se ha transformado!

—¡Es él! —dijo Morgane—. Se ha convertido en estatua cuando yo he dicho que el que nos estaba ju-
gando tan malas pasadas no tenía corazón.

—Es verdad —dijo el maestro—. Es lógico. Su poder se ha vuelto contra él.

—¡Lo sospechaba! —dijo entonces Alexis.

Era compañero de mesa de Jérémie y aún no había hablado. Se explicó:

—Cada vez que nos asustábamos, él escondía la cabeza entre los brazos y se reía.

Los alumnos no salían de su asombro.

—¿Se va a quedar para siempre convertido en estatua? —preguntó Florie.

—No —dijo el maestro—. ¿Queréis que vuelva a ser otra vez el amable niño que era antes de gastarnos esta broma?

—¡Sí! ¡Sí!

—Pues sentaos. Morgane, acércate…

La niña se acercó, y el maestro le dijo algo al oído. Morgane sonrió. Se dirigió al lugar donde estaba Jérémie, se puso frente a él y le preguntó:

—Jérémie, *¿tienes corazón?*

¡Oh! El color volvió a la cara del niño, que de repente empezó a respirar. Al mismo tiempo, sonrió y respondió:

—¡Naturalmente que tengo corazón!

—En ese caso —le dijo el maestro—, ¿puedes liberar a Sivane y a Anaïs?

Jérémie sonrió. Dijo:

—Sivane, deja de *hacer el asno,* y tú, Anaïs, deja de *temblar como una hoja.*

Después de rebuznar por última vez, Sivane

volvió a ser una niña y corrió a sentarse en su puesto. Anaïs perdió su forma vegetal. Estaba sorprendida, y se palpaba el cuerpo y los brazos para asegurarse de que realmente había vuelto a la normalidad. Los niños aplaudieron.

—¡Estarás contento! —soltó Alexis a su compañero Jérémie—. ¡No me llegaba la camisa al cuerpo!

¡Oh! La camisa de Alexis se le salió de debajo del jersey y se quedó flotando a su lado, sin tocarle. Jérémie se limitó a ordenarle que volviera a su sitio, en el cuerpo de su compañero, y reinó la calma de nuevo.

—¡Tened cuidado con las frases hechas! —dijo el maestro.

—¡Por supuesto! —bromeó Barthélemy—. ¡Por poco *estiramos la pata!*

Y la pierna de Barthélemy empezó a estirarse, a estirarse... Todo el mundo se echó a reír. Nadie tenía miedo, porque ahora sabían que todo volvería a su sitio en cuanto Jérémie quisiera. Entonces, los niños se dedicaron a divertirse, con permiso del maestro, y se lanzaron un montón de expresiones populares. La clase se convirtió en un baile de máscaras. Annelise declaró que *tenía el corazón en un puño,* e inmediatamente ese órgano apareció latiendo en su mano derecha. Léon acusó a Edilson de *comer como un cerdo* para reírse de él, y Edilson se vengó diciendo que Léon era un *cabeza de chorlito.* Los dos gruñían y piaban, riendo. Renaud acababa de reprochar a Marie-Catherine que *le ponía la cabeza como un bombo,* y su cabeza se transformaba en un gran bombo, mientras Valérien *metía la pata* de verdad.

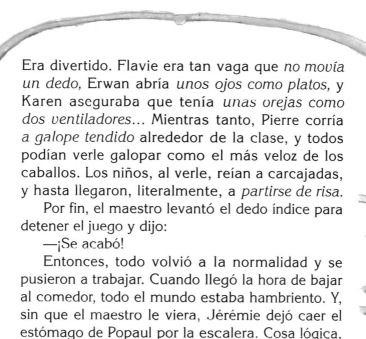

Era divertido. Flavie era tan vaga que *no movía un dedo,* Erwan abría *unos ojos como platos,* y Karen aseguraba que tenía *unas orejas como dos ventiladores...* Mientras tanto, Pierre corría *a galope tendido* alrededor de la clase, y todos podían verle galopar como el más veloz de los caballos. Los niños, al verle, reían a carcajadas, y hasta llegaron, literalmente, a *partirse de risa.*

Por fin, el maestro levantó el dedo índice para detener el juego y dijo:

—¡Se acabó!

Entonces, todo volvió a la normalidad y se pusieron a trabajar. Cuando llegó la hora de bajar al comedor, todo el mundo estaba hambriento. Y, sin que el maestro le viera, Jérémie dejó caer el estómago de Popaul por la escalera. Cosa lógica, pues Popaul acababa de declarar que *tenía el estómago en los talones...*

El niño que hablaba con los árboles

Cuando cruzaba la plaza de la Contrescarpe, Erwan oyó un suspiro.

—Aaaaay.

Se volvió. Se volvió. Se volvió por tercera vez y oyó:

—Aaaaay.

El profundo suspiro no venía de ninguna parte, porque no había nadie en la plaza, aparte del niño.

—Va a resultar que soy como Vercingetórix —murmuró Erwan—, porque oigo voces...

—¡No era Vercingetórix, ignorante! —dijo una voz burlona.

—¿Qué?

—¡No era Vercingetórix! —repitió la voz—. La que oía voces era Juana de Arco.

Erwan se volvió, se volvió. Nadie.

—¿Quién habla?

—Yo.

Esta vez, Erwan vio cómo el follaje de un árbol se agitaba bajo el efecto de una suave ráfaga de viento. Sin embargo, no soplaba el viento y el sol brillaba en el cielo azul. Erwan se quedó inmóvil. Miró el árbol con cierto recelo.

—No puede ser el árbol el que... —murmuró en voz baja.

—Exactamente —dijo el árbol—. Es el árbol el que... Y no me gusta que me llamen árbol, porque no soy un árbol cualquiera, sino una catalpa.

—¿Una qué? ¿Una cataplasma? —dijo Erwan.

—¡Una catalpa, ignorante! ¡Una ca-tal-pa!

Erwan dio dos pasos hacia la catalpa, alargó la mano y tocó suavemente el tronco. El árbol se estremeció y se echó a reír:

—¡Ja, ja! ¡Me haces cosquillas!

Erwan retrocedió. ¡Caracoles! ¡Un árbol que habla!

—¡Nunca había visto una cosa igual! —dijo Erwan.

—¡Pues verás muchas más! —masculló el árbol.

Y lanzó un nuevo suspiro:

—Aaaaay.

—¿Por qué suspiras? —le preguntó el niño.

—Porque preferiría estar en un bosque y no en esta aburrida placita. Si conociera el camino, no me pudriría en este barrio...

—¿Adónde irías?

—¡Al bosque! ¡El bosque debe de estar precioso en esta época del año!

—Es verdad —reconoció Erwan—. Pero, ¿cómo te desplazarías?

—Ese es el problema.

Y el árbol volvió a suspirar. Sus grandes hojas temblaron. Preguntó:

—¿Tú no sabes dónde está el bosque?

—Aquí no hay ninguno. París es una ciudad. Para encontrar un bosque hay que marcharse y recorrer, por lo menos, 20 ó 30 kilómetros...

El árbol soltó un silbido de desaprobación que agitó fuertemente sus hojas:

—¡No puede ser una ciudad muy bonita si está tan lejos de la naturaleza...!

—Tenemos la torre Eiffel —protestó Erwan con or-

gullo—. Y el Arco del Triunfo. Y montones de edificios.

—¿Tan feos como los que nos rodean? —preguntó la catalpa en tono de desprecio.

—¡Bah! Sí y no. Unos son feos y otros no. Depende.

—¡Me da igual! —exclamó el árbol—. ¡Prefiero el bosque!

Erwan movió la cabeza:

—Yo también. Pero, para vivir, las casas son más confortables que los árboles.

—No digo lo contrario —admitió el árbol—.

Además, no me gustaría nada que los humanos vivieran en mis ramas.

Suspiró de nuevo, e insistió:

—¿De verdad no sabes dónde está el bosque?

—No. Pero en el Jardín Botánico hay muchos árboles.

—¿Cuántos?

—Bastantes.

—¿Es un bosque?

—Un jardín público.

El árbol chasqueó la lengua, decepcionado:

—¡Bah! ¡Un jardín público! ¡Uno de esos lugares donde una veintena de árboles se aburren a ambos lados de una avenida! Conocí eso en mi juventud, porque al principio me plantaron en un parque. Los enamorados grababan sus nombres en los troncos de mis hermanos mayores…

A Erwan le pareció que la catalpa era una exagerada. Se lo dijo:

—Un jardín público como el Jardín Botánico es mucho más bonito y más grande que una plaza como la de Contrescarpe. ¡Y tiene más de veinte árboles!

—¿De verdad?

—Y además, ¡yo sé dónde está el Jardín Botánico! —concluyó Erwan—. Puedo indicarte el camino. Pero no sabría conducirte a un verdadero bosque.

El árbol se quedó pensativo. Midió los pros y los contras. Al final, declaró:

—Me gustaría ir al Jardín Botánico. Tengo que decírselo a la familia. Si no te importa volver dentro de un rato, te comunicaré nuestra respuesta.

—¿Qué familia?

—Mis hermanos.

—¿Qué hermanos? —preguntó Erwan abriendo unos ojos como platos.

—¡Nosotros, estúpido! —exclamaron cuatro voces al mismo tiempo.

Erwan se dio la vuelta. Vio cómo el follaje de otras cuatro catalpas se agitaba. Durante un segundo, se quedó boquiabierto. Luego dijo, sorprendido:

—¿También hablan?

—¡Naturalmente! —dijeron.

—¿Vosotros también queréis mudaros al Jardín Botánico?

Surgieron varias respuestas discordantes: unos árboles respondían que sí, otros que no. No se ponían de acuerdo entre ellos.

—¡Está claro que sabéis lo que queréis! —ironizó Erwan.

(Le había molestado un poco que le llamaran «estúpido».)

—Te he propuesto que vuelvas dentro de un rato para que tengamos tiempo de discutir entre nosotros —dijo el primer árbol.

—¿Cuándo? —preguntó Erwan.

—¿Puedes venir a última hora de la tarde? Compréndelo —añadió la primera catalpa—, si decidimos mudarnos, sería más fácil llevar a cabo la operación de noche, cuando los humanos duermen. De otro modo, son capaces de poner pegas: «¿Tenéis los papeles en regla?» «¿Adónde vais?» «¿Habéis pedido permiso al prefecto de policía?» Y quién sabe qué más...

—Lo comprendo —dijo Erwan—. Pero yo no puedo guiaros por la noche.

—¿Tienes miedo?

—Mis padres no me dejarán salir.

—¿No puedes salir sin ellos?

—Por la noche, no.

—Qué complicación —dijo la catalpa—. ¿A qué hora puedes venir?

—A última hora de la tarde.

La catalpa se calló. Seguía meditando.

—¿Qué hacemos? —preguntó a las demás catalpas.

—Si salimos de día, los jardineros nos detendrán —respondió una de ellas.

—¡No tenemos más remedio que ir de noche! —dijo otra.

—Puedo pedir a mi padre que me acompañe —ofreció Erwan.

—¿Por la noche? —quiso saber la primera catalpa.

—Sí. Si se lo pido, creo que aceptará.

—¿Es también un niño?

—No, es un adulto.

Las catalpas se
echaron a reír y sus follajes se
estremecieron.

—Si es un adulto —observó la primera
catalpa—, es inútil que le hables de nosotros. Por
la noche, los humanos adultos se sientan delante de la
televisión y, por lo que cuentan los pájaros, ya no se
mueven. Tu padre no te seguirá para ayudar a unos árboles...

Erwan protestó:

—Si yo se lo pido, aceptará. Es ecologista.

—¿Ah, sí? —dijo la catalpa—. Y a tu padre, ¿qué le
contarás? ¿Que unas catalpas quieren mudarse al Jardín Botánico?

—Bueno, yo...

—Te preguntará si lo has soñado. Y, ¿qué le respon-
derás?

—Bueno..., que tú me has dicho...

—¿Y te creerá?

—Pues yo pienso...

Los árboles soltaron una carcajada. A Erwan le pareció un insulto a los humanos. Alzó la voz:

—¡Mi padre me creerá! ¡Sí, señor! (Llamaba «señor» al árbol, pero era una forma de hablar.) ¡Cuando le diga que he hablado con vosotros, me creerá! ¡Lo sé perfectamente, *señor!*

—Y cuando le expliques que las catalpas quieren dirigirse, solas, al Jardín Botánico, ¿también te creerá? —preguntó otra catalpa.

Esta salida provocó la hilaridad de sus compañeras. Erwan le hizo frente, con los puños en las caderas:

—¡Sí, señor, me creerá!

—¡Señora! —corrigió la catalpa.

—¡De acuerdo! —replicó Erwan.

Los árboles no paraban de reír. La primera catalpa suspiró:

—Escucha. Queremos confiar en ti. Ve a ver a tu padre mientras nosotras discutimos, y vuelve a última hora de la tarde. Si tu padre consiente en guiarnos, quedaremos para esta noche. Si se niega, no volveremos a dirigirte la palabra. Y aunque vayas contando que nos has oído hablar, quedarás como un mentiroso, porque no te diremos una palabra más. ¿Te parece bien?

—¡Perfectamente! —exclamó Erwan frunciendo el ceño—. ¡Voy a hablar con mi padre!

—¡Entonces, hasta luego! —dijo la primera catalpa.

—¡Hasta luego! —repitieron sus hermanas.

—¡Hasta luego! —respondió Erwan.

Cruzó la plaza. Antes de entrar en la calle Marcel-Aymé se volvió y dirigió tras él una última mirada. Le pareció que los cinco árboles de la plaza agitaban suavemente una de sus ramas para animarle. Entonces, él también agitó la mano para responder, antes de dar la vuelta a la esquina de la calle. Mientras caminaba, le empezó a entrar cierta preocupación. ¿Qué dirían sus padres? ¿Tendría razón el árbol cuando dijo que los adultos se negarían a creerle y, sobre todo, a ayudarle?

—¡Vamos allá! —dijo para darse ánimos.

Tenía que convencer a sus padres. Lo haría lo mejor que pudiera. Corrió al apartamento. Precisamente, su padre acababa de volver del trabajo.

—Hola, papá —dijo Erwan.

—Hola, hijito. ¿Has acabado de jugar?

—Lo que pasa es que...

—¿Te has peleado con tus amigos?

—No.

—¿No sabes qué hacer?

—En realidad...

Erwan dudaba. Su madre volvía de la compra con la cesta en el brazo. Erwan se decidió.

—Tengo que deciros un secreto.

—¿Qué secreto? —preguntó el padre.

—¿Os consideráis ecologistas?

—Claro que sí. ¿Por qué?

—Entonces, ¿amáis a los árboles?

—Por supuesto —afirmó la madre.

—¿Alguna vez habéis oído hablar a los árboles?

El padre y la madre se miraron. Luego, el padre declaró en tono convencido:

—Sí, con frecuencia he oído a algunos troncos cantar en televisión...

—Estupendo —dijo Erwan, que no se había dado cuenta de que su padre hablaba en broma—. Entonces, no os sorprenderá que os cuente que he estado charlando con las catalpas de la plaza de la Contrescarpe.

—¿En qué idioma? —preguntó la madre.

—En francés.

—¿Y los árboles te han entendido cuando les has contestado? —quiso saber el padre, fingiendo seriedad.

—Sí.

—¡Perfecto! —dijo el padre, echándose a reír—. Porque, según dicen, los árboles son unos leños... ¡Ja, ja, ja!

Erwan comprendió que sus padres no le habían creído.

—¡Tenéis que creerme! —exclamó—. ¡Los árboles me han hablado!

La madre pasó a la cocina a guardar en la nevera lo que había comprado. Erwan insistió:

—Me han dicho que les gustaría ir a un bosque.

—Les comprendo —dijo el padre sirviéndose un vaso de zumo de fruta.

—El problema es que no saben ir solos. Quieren que yo les acompañe.

—Es lógico.

—Pero yo no conozco ningún bosque.

—Es una pena.

—Les he hablado del Jardín Botánico. Les ha parecido muy interesante, siempre que alguien quiera conducirles allí.

—¿Es un camión?

—A pie. Bastaría con mostrarles el camino.

—¿Por qué no les has dibujado un mapa del barrio?

66

—le reprochó el padre, mientras tomaba a sorbos el zumo de fruta.

—No se me ha ocurrido. Además, no sé si serían capaces de leerlo...

Erwan se calló. Estaba plantado delante de su padre. Al cabo de un momento, carraspeó y murmuró tímidamente:

—Papá... Les he prometido que tú les ayudarías...

—¿Quién? ¿Yo? —exclamó el padre, atragantándose con el zumo de fruta.

Se puso a toser.

—Deja de molestar a tu padre, Erwan —dijo entonces la madre, que acababa de volver al salón.

Se sentó en el sofá y cogió su libro.

—¡He quedado con ellos! —insistió Erwan—. ¡Les he prometido que tú vendrías conmigo!

—¿Qué hay que hacer? —ironizó el padre—. ¿Pasear árboles como si fueran perros? ¿Y por el camino ponerles a hacer pis?

Se echó a reír. Erwan se enfadó:

—¡Los árboles tenían razón! —exclamó—. ¡Dijeron que te negarías! ¡Y que todos los adultos eran iguales!

Se echó a llorar y corrió a refugiarse en su habitación. Inmediatamente, sus padres dejaron de reír.

—¿Qué le pasa? —dijo el padre, confuso—. No quería hacerle llorar...

—Ve a consolarle —sugirió la madre.

El padre se dirigió a la habitación. Encontró a Erwan boca abajo sobre la cama. Se sentó al lado del niño y puso la mano en el hombro de su hijo:

—¿Estás enfadado, hijo mío?

—¡No!

—¿Qué te pasa?

—¡Me pasa que no quieres creerme!

—Reconoce que es un poco difícil...

—Sólo tienes que venir conmigo. ¡Oirás a los árboles! ¡Hablarán contigo!

El padre movió la cabeza. Se imaginó charlando con un árbol en la plaza; imaginó sobre todo a los transeúntes burlándose de él.

—Erwan, sé razonable...

—¡Los árboles hablan! ¡Y yo les he prometido que vendrías! Pero ya veo que tenían razón cuando decían que las personas mayores son incapaces de cambiar sus costumbres...

El padre suspiró:

—Vamos juntos a la plaza —aceptó—. Hablarás con tus árboles, y yo escucharé. Si les oigo, les ayudo. Pero si no oigo nada, olvidas tus fantasías y volvemos a casa. ¿De acuerdo?

—¡De acuerdo! —dijo Erwan, levantándose de un salto.

Se secó las lágrimas con el dorso de la mano.

—¡Rápido! —dijo.

Y salió el primero.

Su padre le siguió:

—Vuelvo en seguida —anunció a la madre al pasar.

—No os retraséis. La cena pronto estará lista.

Erwan bajó corriendo la escalera.

—¡Erwan! ¡Espérame!

—¡Date prisa!

Llegaron a la plaza de la Contrescarpe justo cuando la anciana de las palomas la abandonaba. Se saludaron.

—¿Adónde van tan deprisa? —dijo la buena señora.

—¡A estrechar la mano a una vieja rama! —respondió el padre.

La anciana siguió su camino moviendo la cabeza. Las palomas revoloteaban a su alrededor. Erwan ya estaba junto a la primera catalpa. El padre se acercó con paso decidido. (En realidad, no hacía más que mirar a su alrededor para comprobar si alguien le veía. Se sentía ridículo, pero, afortunadamente, no había nadie en la plaza, e incluso la anciana de las palomas acababa de desaparecer por la esquina de la calle.)

—¡Catalpa! —llamó Erwan—. ¡He traído a mi padre! ¿Me habéis oído, tus hermanos y tú?

—¡Sí! —respondió el árbol.

El padre se quedó inmóvil. Se puso a girar sobre sí mismo como una veleta. Buscaba al que acababa de hablar. Erwan preguntó:

—¿Queréis ir al Jardín Botánico?

—Sí. Seguro que es más verde que esta plaza —dijo el árbol, en tono esperanzado.

—¡Y seguro que allí hay menos palomas! —añadió otra catalpa—. ¡Esos sucios pájaros vienen a hacer sus necesidades en nuestras ramas!

El padre giraba como una peonza.

—Erwan —susurró—. ¿Quién habla?

—¡Las catalpas, papá!

(«Las catalpas, papá»: tres sílabas «pa», una detrás de otra: ¡un récord! ¡Si alguien es capaz de hacerlo mejor, que me escriba!)

El padre miró los árboles de grandes hojas:

Muy bien —dijo—. ¿Y qué quieren?

—Ir al Jardín Botánico —respondió el primer árbol—. Pero a un lugar tranquilo, sin perros ni niños y, sobre todo, sin árboles demasiado altos que nos tapen el sol.

El padre no salía de su asombro. Farfulló:

—Y... y... y... ¿cómo quieren que yo les lleve?

Hablaba en voz muy alta, sin dejar de mirar detrás de él, por temor a que otros humanos le sorprendieran en el flagrante delito de estar charlando con un árbol.

—Nos desplazaremos sin ayuda de nadie —respondió la primera catalpa.

—Sólo necesitan un guía —añadió Erwan.

—¿Tiene que ser ahora? —protestó el padre—. Tu madre nos espera para cenar.

—No, ahora no —precisó el árbol—. Vuelva a medianoche.

—¡Y gracias! —añadieron las demás catalpas.

—No hay de qué… —repuso el padre.

Muy pensativo, emprendió el camino de vuelta a casa. Erwan, muy contento, caminaba a su lado. El padre repetía:

—¡Increíble! ¡Increíble!

No cesó de decir «increíble» mientras subía la escalera, cuando entró en el piso, mientras tomaba la sopa…, y pronto la madre entonó el mismo estribillo en el momento de quitar la mesa, tras haber sido informada de las peripecias del asunto.

La familia se preparó para la gran aventura.

—No será peligroso, ¿verdad? —preguntó la madre, inquieta.

—No creo —contestó el padre—. Nos limitaremos a caminar delante de los árboles.

—¿Y si provocan algún accidente?

—No será culpa nuestra —dijo Erwan.

—¿Y si nos detiene la policía?

—Diremos que los árboles nos seguían sin habernos pedido nuestra opinión.

Dieron las nueve, las diez. Luego las once. Erwan tenía sueño. El reloj marcó las doce menos cuarto. El padre se levantó del sofá para dar la señal de partida:

—Vamos.

La madre y Erwan le siguieron. La calle estaba desierta. La familia llegó a la plaza de la Contrescarpe. En las casas había aún ventanas iluminadas, pero los cafés estaban cerrados. La luna brillaba en el cielo. El padre se acercó al tronco del primer árbol y lo tocó.

—¡Ja, ja, ja! ¡Me haces cosquillas! —rió el árbol, estremeciéndose.

No era momento para bromas.

—¡Silencio! —ordenó el padre.

—¡Silencio! —repitieron los árboles, agitando suavemente las hojas.

—¿Estáis preparados? —preguntó el padre.

—¡Vayan ustedes delante! —respondieron los árboles.

La familia se metió por la calle Lacépède para ir al Jardín Botánico. Se oyó un ruido. El padre, la madre y Erwan se volvieron y gritaron en voz baja:

—¡Silencio!

Eran los cinco árboles de la plaza, que acababan de extraer sus raíces del suelo.

—¡Lo siento! —susurró el primer árbol—. Pero teníamos que sacar los pies del asfalto...

La familia, cogida del brazo, siguió su camino. Los árboles avanzaban tras ellos. Se oía el rumor que producían las hojas y, sobre todo, el PLOF PLOF PLOF seco de las raíces en el pavimento. Erwan se volvía de vez en cuando para dirigir a los extraordinarios viajeros gestos amistosos. En la plaza, únicamente quedaron cinco agujeros muy profundos.

—La plaza será menos agradable sin árboles —se lamentó Erwan.

Plantarán otros —le tranquilizó su madre.

Iban a
cruzar la calle
Monge, pero pasa-
ban coches. El padre
detuvo a los árboles:

—¡Alto! ¡Esperad que cam-
bie el disco!

Los árboles esperaron. Se sentían
felices deambulando por las calles de la
capital. Reían y se contaban chistes de árboles.

—¡Eh, Erwan! ¿Cómo se llama el árbol más triste
de todos? —le preguntaron.

—¡El sauce llorón! —respondió Erwan, riendo—.
¡Ése ya lo conocía!

—¿Y cuál es el árbol más lejano? —preguntó una
catalpa.

—No lo sé —confesó Erwan.

—¡El quinto pino! ¡Ja, ja, ja!

Los árboles reían a carcajadas. El padre se enfadó, se puso el dedo índice en la boca y dijo:

—¡Callaos! ¡Vais a hacer que nos descubran!

Las cinco catalpas se disculparon. Cruzaron la calle Monge cuando el padre se lo indicó, y prosiguieron su camino hacia el Jardín Botánico. Estaban tan contentos que entonaron una alegre canción, al principio tarareándola y después a grito pelado:

En el grupo no hay árboles secos.
El mejor modo de andar es el nuestro.
Echando una raíz después de otra
y vuelta a empezar...
¡Izquierda! ¡Izquier...!

El padre se detuvo, furioso:

—¡Como no os calléis, os abandono! —exclamó—. ¡Vais a conseguir que nos detengan por escándalo nocturno!

Los árboles estaban avergonzados:

—Compréndelo —volvieron a disculparse—. Estamos tan contentos de haber abandonado esa horrible plaza asfaltada...

—¡De acuerdo! —aceptó el padre—. Pero no volváis a hacerlo, si queréis que sigamos siendo vuestros guías.

—¡Nos callamos! ¡Prometido! ¡Eh, Erwan! ¿Quieres dar un paseo sin cansarte?

—¡Claro que quiero!

El árbol cogió a Erwan entre sus brazos —perdón,

entre sus ramas—, y le levantó sin esfuerzo. Erwan estaba encantado. El padre se encogió de hombros y sonrió.

El grupo llegó al Jardín Botánico.

—¡Ya hemos llegado! —anunció el padre.

Se veían muchísimos árboles, que parecían masas oscuras. Pero las catalpas lanzaron un suspiro lleno de decepción, porque los árboles estaban plantados detrás de las rejas y de las puertas cerradas.

—Es lógico —murmuró el padre—. A estas horas... Teníamos que haberlo previsto.

—Podréis entrar cuando abran las puertas —dijo la madre para animar a las catalpas.

Pero no les animó:

—¡Imposible! ¡Será de día y nos verán!

—En ese caso —propuso Erwan—, podéis saltar por encima de las rejas.

Se bajó del árbol.

—Es fácil —explicó—. Tomáis un poco de impulso, y ¡hop! ¡Saltáis por encima!

—¿Tú crees? —dijo la primera catalpa en tono dubitativo.

Jamás había hecho deporte y le daba miedo.

—¡Lo mejor es echar abajo las rejas! —sugirió otra catalpa.

—¡Eso, ni hablar! —protestó el padre—. ¡El ruido despertaría a todos los vecinos del barrio!

—Es verdad —reconoció el árbol.

—Un poco de valor —dijo Erwan—. ¡Saltad! ¡Podéis intentarlo! ¡En la vida, para todo hay un principio! Es la primera vez que nosotros paseamos con cinco catalpas, cosa que no nos ha impedido escoltaros...

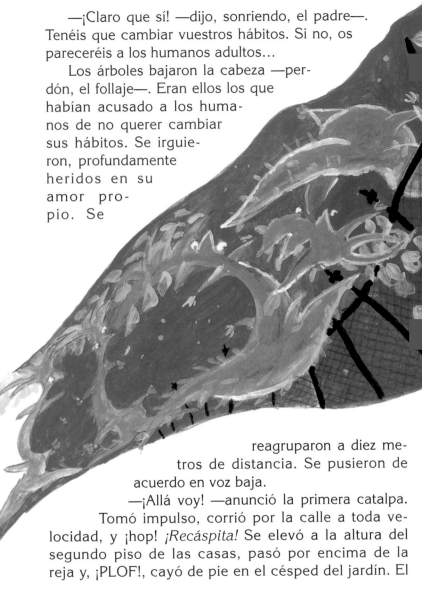

—¡Claro que sí! —dijo, sonriendo, el padre—. Tenéis que cambiar vuestros hábitos. Si no, os pareceréis a los humanos adultos...

Los árboles bajaron la cabeza —perdón, el follaje—. Eran ellos los que habían acusado a los humanos de no querer cambiar sus hábitos. Se irguieron, profundamente heridos en su amor propio. Se reagruparon a diez metros de distancia. Se pusieron de acuerdo en voz baja.

—¡Allá voy! —anunció la primera catalpa.

Tomó impulso, corrió por la calle a toda velocidad, y ¡hop! *¡Recáspita!* Se elevó a la altura del segundo piso de las casas, pasó por encima de la reja y, ¡PLOF!, cayó de pie en el césped del jardín. El

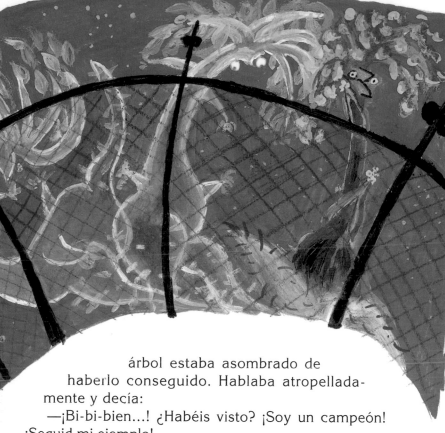

árbol estaba asombrado de haberlo conseguido. Hablaba atropelladamente y decía:

—¡Bi-bi-bien...! ¿Habéis visto? ¡Soy un campeón! ¡Seguid mi ejemplo!

Uno por uno, los árboles fueron saltando, y se reunieron con él en el parque. Luego, se apartaron de la hierba en la que se habían hundido ligeramente. Hacer deporte les pareció muy divertido. Pero, por prudencia, renunciaron a nuevos intentos. La familia se despidió de ellos a través de las rejas, con la promesa de que irían a verles al día siguiente, cuando las catalpas se hubieran instalado. Los árboles se alejaron.

Iban cantando alegremente:

¡Un kilómetro a pie gasta, gasta,
un kilómetro a pie gasta las raíces!

Estaban tan contentos que se pusieron a jugar a pídola, saltando uno sobre otro. El padre, la madre y Erwan volvieron a su casa. Se sentían felices de haber ayudado a los árboles. Incluso el padre habló de hacer marcha.

—Comprendedlo —dijo—, si esos pobres árboles se aburren en el Jardín Botánico, tendremos que conducirles a pie hasta el bosque de Fontainebleau. Cincuenta kilómetros. Tengo que entrenarme...

El niño que esculpía las nubes

Yassine se rascaba la cabeza. Estaba sentado en el suelo, en el centro de la plaza de la Contrescarpe, cuando llego la anciana de las palomas.

—¿Te pasa algo? —preguntó la anciana—. ¿Tienes pulgas?

—No —respondió Yassine—. Pero tengo un problema.

—¿Y te pica? —dijo la anciana, riendo.

—No, me molesta.

—Tienes razón —asintió la anciana—. Es parecido.

Yassine sonrió. Seguía rascándose el cuero cabelludo.

La anciana echó migas de pan a las palomas.

—¿Qué te ocurre? —quiso saber la anciana mientras los pájaros picoteaban el pan—. Háblame de tu problema; las matemáticas se me dan muy bien.

Yassine se levantó y la anciana se sentó en el banco. Las palomas revoloteaban alrededor.

—No se trata de un problema de matemáticas —explicó Yassine.

Inmediatamente después, preguntó:

—¿Usted ve el aire?

—¡Claro que no! —exclamó la anciana—. Menos mal. Eso quiere decir que no está contaminado...

—Pues yo lo veo —declaró Yassine.

Señaló el aire invisible que había a su alrededor, haciendo un gesto circular con la mano.

—Incluso puedo tocarlo.

—Es fácil —dijo la anciana—. Yo también. Basta con agitar la mano un poco deprisa para notar el viento.

—Yo veo el aire y lo toco como puedo ver o tocar el banco en el que usted está sentada. ¿Quiere que le haga una demostración?

Yassine se inclinó un poco hacia delante, estiró el brazo y agitó la mano como si despejara el vacío a cuarenta centímetros del suelo asfaltado.

—Ya está —anunció—. He terminado.

La anciana miró al niño como lo habría hecho un pez al descubrir a un buzo asando salchichas en el fondo de un acuario.

—¿Has terminado el qué?

—Mi asiento —dijo Yassine.

Se puso de puntillas y se sentó en el vacío, en el lugar que acababa de despejar. Se instaló confortablemente, y se quedó quieto: sus pies no tocaban el suelo. La anciana estaba tan impresionada que se levantó; lo contrario de antes: cuando Yassine se levantaba, ella se sentaba; cuando él se sentaba, ella se levantaba. Ahora era la anciana la que se rascaba la cabeza.

—¿Qué le pasa? —le preguntó Yassine—. ¿Le pica o le molesta algo?

—¡Me asombra! —replicó la anciana—. ¡Me has dejado pasmada! ¿Cómo lo has hecho?

El niño estaba sentado en el vacío, con las piernas cruzadas, una sobre otra.

—Puedo tallar el aire —dijo Yassine— y sentarme en él.

Se volvió y empezó a despejar el aire que había tras

él, un poco más arriba. Hablaba mientras trabajaba:

—Tallo el aire como si fuera arena. Puedo construir los peldaños de una escalera.

Se levantó (y la anciana, en el mismo instante, volvió a sentarse en el banco).

Se puso de pie en el asiento invisible y de ahí subió un nuevo peldaño en el vacío, luego otro, y luego un tercero. Se detuvo. Estaba de pie, aproximadamente a la altura de los hombros de la anciana.

—¡Es fantástico! —murmuró la anciana.

—¡Es *pequefantástico!* —corrigió Yassine.

—¿Y puedes trepar muy alto, muy alto? —preguntó la anciana.

—Supongo que sí; no lo he intentado.

—En mi opinión —susurró una paloma—, puede incluso llegar a las nubes, pues en la escuela está siempre en ellas...

Pero Yassine no hizo caso de la observación.

—Creo que puedo subir tan alto como el aire —afirmó.

—Desde luego, aire no le falta —susurró la paloma.

Entonces, Yassine se puso a hacer una escalera imaginaria, a medida que modelaba los peldaños, subía por ellos. En seguida llegó a la altura de las copas de los árboles de la plaza. Louis, el camarero, se había quedado plantado como un espantapájaros en la terraza de *La Cervecería:*

—¡Es alucinante! —exclamó.

—Desde luego, exhibiciones como ésta no se ven todos los días —confirmó un cliente.

—Es normal, Yassine tiene un poder —explicó la anciana.

El niño
seguía tallando es-
calones en el vacío y se
elevaba tranquilamente por
los aires; había llegado al nivel
de los tejados de los edificios.

—¡Baja! —le gritó el camarero—. ¡Te vas a romper la crisma!

—No hay peligro —replicó el
niño—, porque voy por una escalera.

Las palomas emprendieron el vuelo para
reunirse con él. Como no sabían dónde posarse,
revoloteaban alrededor de Yassine y susurraban:

—Ruuu… ¿No tienes vértigo?

—No, porque piso los peldaños.

—Ruuu… ¿Y si pierdes el equilibrio…?

—Me agarro al aire.

Yassine talló el vacío con la mano. Sobrepasó
los tejados. Abajo, en la plaza, una multitud de curiosos lanzaba exclamaciones en varios idiomas y
hacia fotos al niño que subía por los aires. La anciana comentaba la hazaña:

—Es un *pequefantástico*. Tiene un poder. Ve el aire.
Lo toca. Todos los pequefantásticos son capaces de
realizar extrañas proezas. La semana pasada, sin ir
más lejos, Christine hizo bajar y subir su casa, en lugar del ascensor. ¡Como se lo cuento! Para subir al

tercer piso, apretaba el botón del tercero, pero era el edificio el que bajaba a buscarla.

—¡Increíble!

—En el barrio, todos son así. Incluso había una niña, la pequeña Camille, que cambiaba de color según lo que comía o bebía. ¡Se lo aseguro, señor! Se volvía naranja después de haber bebido naranjada y verde después de comerse un helado de menta. Sus compañeros le regalaban caramelos multicolores para transformarla en camaleón durante la clase. Para su maestro era muy fácil, cuando tocaba dibujo, explicar en ella todos los colores…

La anciana contaba historias. Y más historias. Mientras tanto, el camarero había llamado a los bomberos; pronto se oyó la aguda sirena. El pesado vehículo apareció en la plaza. Los bomberos saltaron a tierra. Preguntaron:

—¿Dónde está el fuego?

—No hay fuego —contestó la anciana de las palomas.

Y les señaló el cielo con el dedo. A Yassine se le veía minúsculo encima de los tejados.

—¿Qué es eso? —dijo el capitán de bomberos—. ¿Un pájaro?

—No, un *pequefantástico* tomando el aire.

—¿Y eso qué significa? —dijo el capitán de bomberos.

Empuñó un micrófono y se puso a gritar para que el niño le oyera:

—¡Eh, tú, el que está allá arriba! ¡Baja!

Pero Yassine estaba demasiado lejos para oír. Reconoció algunos sonidos:

«...ú... iba... aja...»

—¿Qué dice? —preguntó el niño a las palomas.

—Ruuu, vamos a enterarnos —se ofrecieron las palomas.

Descendieron a la plaza de la Contrescarpe en picado, y se posaron suavemente sobre los hombros, los brazos e incluso la cabeza de su anciana amiga. Susurraron:

—Ruuu. Yassine pregunta que qué pasa.

—Los bomberos quieren que baje a tierra.

—Ruuu. ¿Por qué?

—¿Por qué quiere usted que Yassine baje? —preguntó la anciana al capitán de bomberos.

—Bueno... Pues... Porque no está bien eso de ir andando por el cielo.

—¿Acaso está prohibido por la ley?

—Bueno... No. No creo. En realidad... Pero eso no

se hace. Además, es absurdo subir por unas escaleras que no existen.

La multitud de curiosos estaba de acuerdo. Les pareció un buen razonamiento. La anciana se quedó pensativa. Todos esperaban su respuesta, que no tardó en llegar:

—Si las escaleras no existen —dijo—, ¿cómo puede usted prohibir al niño que suba por ellas?

¡Ésa sí que era una respuesta inteligente! La muchedumbre aplaudió. El capitán de bomberos se levantó el casco para rascarse el cogote.

—Ruuu —exclamó una paloma—. ¿Tiene pulgas?

—¿Qué? —preguntó el capitán de bomberos.

—La paloma le pregunta si hay algo que le pique o le moleste —tradujo la anciana.

—¡Estoy furioso! —gritó el capitán sin amabilidad.

Luego, dio orden a sus hombres de que desplegaran la escalera, porque era su obligación. Rápidamente, ésta se elevó por encima de los edificios. Los bomberos dudaban: allá arriba, Yassine había seguido subiendo por sus invisibles peldaños. En ese momento no era más grande que un gorrión.

—Si se mete en las nubes —advirtió un bombero—, no se le verá.

—Si no se le ve —replicó el capitán—, entonces ya no habrá ningún problema. Y nosotros volveremos al parque.

—Pero el niño tiene que bajar —observó el camarero—. Quizá necesite ayuda.

—No es probable —dijo la anciana—. Los *pequefantásticos* nunca necesitan ayuda de nadie.

—¡Ah! —exclamó el capitán de bomberos, y, desanimado, fue a sentarse en un banco.

—¿Qué hacemos, capitán? —preguntaron los bomberos, firmes ante él.

—¡Puf! —suspiró—. Subid por la escalera. Si el niño baja, ayudadle.

—Podemos preguntar a Yassine a qué hora piensa volver —propuso la anciana.

—¿Cómo? —suspiró el capitán—. ¿Pretende usted subir por los aires, como él?

Puedo enviar a las palomas…

—¡Buena idea! —se burló el capitán de bomberos—. Les ataremos mensajes a las patas…

—No hace falta —dijo la anciana—. Basta con decirles el mensaje y ellas se lo repetirán a Yassine.

—¿Qué?

El capitán de bomberos miró a la anciana como si estuviera trastornada. Se burló:

—¿Usted quiere que yo hable con esos… pajarracos?

—No les insulte, por favor. Podrían enfadarse.

El capitán se encogió de hombros. Masculló:

—¡Son unos bichos asquerosos que lo ponen todo

perdido! ¡Si dependiera de mí, los echaría a la cazuela! ¡Con guisantes!

Mucha gente compartía su opinión. La anciana montó en cólera:

—¿No le da vergüenza?

¡Asesino! ¿Por qué se ensaña con estas encantadoras aves que traen un poco de poesía a nuestra aburrida ciudad? Merecería que le...

Ya había levantado el paraguas con las dos manos cuando un grito de admiración que lanzó la muchedumbre le hizo volverse y alzar la cabeza:

—¿Qué pasa? ¡Oh!

—Ruuu. ¡Es Yassine! —susurró una paloma que volvía del cielo—. Ha empezado a tallar las nubes.

Efectivamente, el *pequefantástico* había separado de una enorme nube otra nube algodonosa más pequeña, a la que había dado la forma de una casa. El sol brillaba en lo alto.

87

—¡Fantástico! —exclamó el capitán de bomberos levantándose.

—Ve a preguntar a Yassine a qué hora piensa bajar —dijo entonces la anciana a la paloma que revoloteaba a su alrededor.

La paloma voló hacia el cielo. No tardó mucho en volver:

—¡Ruuu! ¡Ruuu! ¡Ruuu! —chilló la paloma, muy excitada.

La anciana la escuchaba con interés, moviendo la cabeza. El capitán de bomberos resopló:

—¿Qué dice? —preguntó en tono receloso.

—Que Yassine ha olvidado el reloj, y que habrá que avisarle cuando sean las seis, porque su madre le espera para cenar.

—¡Esto es una locura! —suspiró el capitán de bomberos, quitándose el casco y enjugándose la frente con el pañuelo.

La muchedumbre, subyugada, lanzaba gritos de admiración, porque el pequefantástico estaba tallando otras nubes en forma de abetos, tilos, muñecos de nieve, un castillo con sus torres, e incluso un barco de vela. La televisión acababa de llegar. Los técnicos corrían de un lado para otro, enchufaban cables en el interior de las tiendas, y a un cámara le subieron al techo de un camión. En el cielo, el pequefantástico esculpía vacas, caballos, coches, aviones, pueblos de nubes. La televisión enfocaba a un locutor que decía que se veían cosas extraordinarias en el cielo, y luego a diversas personas a quienes preguntaban si había cosas extraordinarias en el cielo y si las veían. Y como no hacían más que filmar a gente que hablaba, no tenían tiempo de filmar el cielo. La anciana estaba furiosa:

—Filmarán el cielo cuando ya no pase nada —dijo refunfuñando.

Mucha gente la apoyó. El locutor de televisión mandó que le filmaran a él, en primer plano, para explicar a los telespectadores que acababa de iniciarse un debate entre el público a propósito de lo que estaba pasando en las nubes, y si se trataba o no de marcianos y platillos volantes. La anciana estaba furiosa. Un señor se acercó a ella:

—Señora —le dijo—, me da la impresión de que usted conoce perfectamente al autor de los juegos de magia que están teniendo lugar en las nubes. ¿Tengo razón?

—¡Naturalmente! Es Yassine. Un niño de la escuela Marcel-Aymé. En esa escuela, los niños tienen montones de poderes, incluso hay algunos que aprenden a leer...

El señor se frotó las manos:

—Escuche —continuó el señor—, yo no sé cómo Bassine hace esos trucos en el cielo, pero...

La anciana le interrumpió:

—No se llama Bassine, sino Yassine. Y no hace trucos, camina por el aire y talla las nubes.

—O.K. —dijo el señor.

—¿Tiene usted hipo? —preguntó la anciana.

—¿Qué? No.

—Entonces hable en nuestro idioma.

—Sí, bueno..., de acuerdo. No me interesa saber cómo ese niño hace... bueno... lo que hace, pero quiero proponerle un asunto si usted puede ponerse en contacto con él.

—¿Qué asunto? —preguntó la anciana.

Estaba bastante recelosa. El señor la llevó un poco aparte de la gente y bajó la voz:

—Trabajo en una empresa de publicidad y se me ha ocurrido una idea.

—¿Qué idea? —preguntó la anciana frunciendo el ceño.

El señor bajó aún más la voz:

—Voy a contratarle para que escriba mensajes publicitarios... ¡allá arriba!

—¿Qué? —exclamó la anciana—. ¿Quiere decir que le hará tallar las nubes en forma de paquetes de detergente o de comida para perros?

—¡Exactamente! —afirmó el señor—. Y le pagaré muy bien.

Estaba entusiasmado. Tomó de testigos a las personas que le rodeaban:

—¡Imagínense el cielo! Todo el mundo levantaría los ojos y leería en letras hechas con nubes, sobre fondo azul: *¡Viva el detergente Pi!* o *¡Los cigarrillos Equis son los más naturales!* ¡Sería formidable!

—¿Formidable? ¿Formidable? —exclamó la anciana de las palomas—. ¡Querrá usted decir detestable!

Había buscado a propósito una palabra que rimara, y la gente lo acogió riendo y aplaudiendo. La anciana añadió:

—¡Sería espantoso!

—¿Por qué? —dijo el señor publicitario.

La televisión se puso a filmar el incidente. El locutor hacía de moderador en el debate a favor o en contra de la publicidad y si convenía cortar las frases en dos o en tres

—Pero miren el cielo... —exclamó la anciana, furiosa—. Admiren esos castillos de nubes, esas casas, esos barcos, esas enormes flores, esos muñecos de nieve... ¿No ven lo bonitos que son? ¡Tan suaves, tan poéticos...! ¡Algo agradable, maravilloso de contemplar! ¿No se dan cuenta de que ese niño les alegra con sus creaciones?

—¿Y qué? —murmuró el señor publicitario—. ¿Qué cambiaría si escribiera debajo *Viva Y Griega* o *Viva Zeta?*

—¡Todo! —gritó la anciana, animada por la multitud—. ¡Lo cambiaría todo!

La gente aplaudió. Hubo un abucheo general dirigido contra el publicitario, que se encogió de hombros afirmando que los que le rodeaban eran unos «cernícalos anticuados». Se alteraron los ánimos. «¡Repite eso!», exigió un hombretón de un metro

noventa, y, natural-
mente, el señorín publi-
citario prefirió no repetirlo,
pero protestó diciendo que
vivían en una república y
que todo el mundo tenía de-
recho a hablar, incluso para
decir tonterías, y el fortachón
le aconsejó que se fuera con la
música a otra parte si no quería
recibir una patada en el culo, y el señor
publicitario se puso a gritar como un loco para
que la televisión filmara el incidente. En ese momento recibió un paraguazo en la cabeza y en directo.
Millones de telespectadores se echaron a reír ante los re-
ceptores de televisión, y se armó un follón espantoso en
la plaza de la Contrescarpe. Los bomberos trataban de in-
terponerse entre los heroicos combatientes, mientras allá
arriba, en el apacible cielo, el pequefantástico seguía haciendo espléndidas construcciones. La anciana se apartó
del bullicio.

—Subid a advertir a Yassine que quieren que haga
publicidad —dijo a las palomas.

A continuación, levantó los brazos. Las palomas
emprendieron el vuelo hacia el maravilloso mundo del
niño. Precisamente, en aquel momento estaba aca-
bando una torrecita de nubes para su enorme castillo. Las palomas entraron por una bonita ventana, por la que se filtraban los rayos del sol.

—¿Qué tal, palomas? —dijo Yassine—.
¿Qué noticias me traéis de los terrícolas?

—Ruuu, los te-
rrícolas se están pe-
leando —susurraron
las palomas—. Quieren
que hagas publicidad.

—¿Publicidad? —ex-
clamó el niño, sorprendido.

—Sí. Que escribas algún
que otro eslogan en las nubes.

—¡Qué horror! —volvió a
exclamar Yassine.

Dejó de esculpir. Se sentó en un trono que había tallado en el centro del castillo mágico. Se estaba acercando un helicóptero de la policía. Yassine apoyó la cabeza entre las manos.

—¿Qué voy a hacer? —se preguntó.

El helicóptero de la policía pasó muy cerca del castillo. Yassine vio a los pasajeros pegados a los cristales de la cabina para intentar localizarle. El aparato dio media vuelta y volvió a pasar. Se oyó una voz muy potente por un altavoz:

—¡Usted, el que está ahí! ¡Baje inmediatamente!

Era el piloto del helicóptero, que transmitía las órdenes que llegaban de la prefectura de policía.

—¿Me ha oído? ¡Baje! ¡No se quede ahí!

Yassine se levantó. Movió la cabeza. Él también estaba furioso.

—La gente no merece que les haga estas bellas construcciones —murmuró.

Empezó a derribarlas.

—¡Ah! ¡Lo que quieren es publicidad! ¡Pues se la voy a dar!

Derrumbaba las nubes, las deshilachaba. Abajo, la trifulca había cesado. La multitud, intrigada, se preguntaba:

—¿Qué está haciendo? ¡Lo está destruyendo todo! ¿Por qué?

La gente estaba decepcionada. Las casas de nubes se rompían, los barcos se desmoronaban, los castillos se venían abajo. El extraordinario mundo del pequefantástico desaparecía.

—¡Rápido! ¡Filmadlo! —ordenó el locutor de televisión.

En el cielo, ya casi no había nada. Sólo subsistían algunas formas vagas. El locutor tomó la palabra para contar que había tenido lugar un fenómeno meteorológico inexplicable, pero que, gracias a la intervención de la policía en helicóptero, todo volvía a estar en orden, y que no había peligro atómico.

—¡Mirad! ¡El niño está esculpiendo otra vez!

La multitud se agitó. Todo el mundo apuntó las cámaras fotográficas en dirección al cielo, y la televisión se puso a filmar las nubes, que otra vez se apilaban, se doblaban, se congregaban.

—¡Parecen letras! —dijo el capitán de bomberos.

Y lo eran. Yassine estaba tallando en las nubes su primer mensaje «publicitario». Poco a poco iban formándose palabras sobre el fondo azul del cielo. La multitud, en vilo, descifró:

—A...

—V...

—A...

La frase entera estaba moldeada, y la multitud aplaudió al leerla, a pesar de las faltas de ortografía:

AVAJO LA PULVICIDAD

Todo el mundo se echó a reír. El señor publicitario se había eclipsado hacía rato, deslizándose entre la gente. La multitud abucheaba a la televisión, que había dejado de filmar. No se puede mostrar a la gente un mensaje antipublicitario, explicaba el locutor, mientras los técnicos enrollaban los cables y guardaban las cámaras. La emisión había terminado.

Poco después apareció un punto negro bajo las nubes.

—¡Es
Yassine!
—exclamó la
anciana de las
palomas—. ¡Está
bajando!

—Pero, ¿cómo lo
hace?

—Va por una escalera,
¿comprende? —explicó la
anciana—. Es una escalera
que ha tallado en el vacío. No
corre ningún peligro.

Sus palomas emprendieron
el vuelo para escoltar al pequefantástico. La gente aplaudió. Por
fin, todo el mundo distinguió la si-
lueta del niño. En el cielo, las nubes se
iban estirando y se llevaban muy lejos su
mensaje antipublicitario. El niño llegó a la
altura de los tejados de los edificios, lle-
vando a varias palomas cansadas en los brazos y los hombros. Al pasar, saludó amable-
mente a los bomberos, que seguían encaramados
a su larga escalera. La multitud gritó su admiración
al pequefantástico. En cuanto tocó el suelo, todos se

echaron sobre él y le pidieron autógrafos. Los bomberos felicitaron al niño.

—¡Bravo! ¡Bravo! —gritaba la gente—. ¡Viva el maravilloso jardín! ¡Viva el castillo de nubes!

Yassine respondió con gestos amistosos a aquellos que habían admirado sus algodonosas producciones. Seguramente, volvería a subir otro día a modelar más.

—Ruuu, lo que tendrá que hacer es aprender a esculpir —susurró una paloma—, porque sus muñecos de nieve parecían patatas...

—¡Nada de críticas! —le reprochó la anciana—. Lo importante es que en sus obras ponía todo el corazón...

La multitud estaba encantada. Y el más contento era Louis, el camarero, porque toda aquella gente tenía sed. Aquel día hizo un buen negocio.

Una escoba recalcitrante

Valentin había estado dibujando. El montón de virutas que había soltado el sacapuntas yacía en el suelo, a sus pies.

—Limpia eso —dijo el maestro—. No es cosa de que la señora de la limpieza haga el trabajo por ti.

—Precisamente, he visto una escoba en el pasillo —dijo Morgane, que acababa de llegar, un poco tarde, del recreo.

Valentin salió al pasillo. La escoba estaba apoyada en la pared, una escoba como las antiguas, con un compacto manojo de hojas secas de arbustos al final del mango. Valentin la cogió.

—¡Mirad! —exclamó Annelise—. ¡Parece la escoba de una bruja!

Los niños se echaron a reír. Valentin empezó a barrer, pero sujetaba la escoba como una pala. Estaba un poco ridículo, la empujaba hacia delante y lanzaba las virutas por todas partes, en lugar de reunirlas.

—¡Eres negado! —se burló Emilie.

—¡Manejas la escoba como si fuera el manillar de una bici! —añadió Sivane.

—¡Móntate en ella! —sugirió Julie—. A lo mejor echa a volar...

—¡Arre! —gritó Morgane.

Pero la escoba todo lo hacía al revés entre las manos del desdichado (¿o torpe?) Valentin. Él interrumpió su trabajo y miró al maestro con gesto desesperado:

—La escoba no va por donde yo quiero —dijo con sonrisa un tanto forzada.

—¡Claro que no! ¡Es una escoba mágica! —se burló Annelise—. Lo mejor que puedes hacer es montarte en ella...

—¡Arre! ¡Arre! —repitió Morgane—. ¡Escoba, échate a volar!

Las niñas reían. Valentin intentó empujar la escoba hacia delante, pero ésta se desvió, se puso a describir amplios círculos por la clase e inesperadas eses. La escoba pasó silbando muy cerca de la cara de David, que se levantó sobresaltado:

—¡Cuidado!

—¡No es culpa mía! —protestó Valentin.

Se agarró fuertemente a la escoba, que describía extraños arabescos en el aire a la altura de las mesas. Y el niño daba vueltas con ella.

—¡Ay! —gritó Léon, marchándose al otro extremo de la hilera de mesas.

El maestro se enfadó:

—Valentin, deja de dar vueltas. ¡Me estás mareando!

—¡No puedo! —lloriqueó Valentin—. ¡La escoba me arrastra!

Los alumnos se echaron a reír:

—¡Agárrate bien! —gritó Popaul.

—¡Abracadabra! —dijo Mickaël, agitando los brazos como una bruja.

Valentin seguía dando vueltas. Sus brazos y la escoba describían grandes ochos.

—Valentin, suelta esa escoba —ordenó el maestro.

—¡No pueeeeedo! —protestó Valentin.

—Voy a ayudarle —decidió Alexandre.

Se levantó, dispuesto a prestar ayuda a su compañero, agarró con las dos manos el palo de la escoba al pasar y el movimiento de la escoba... disminuyó ligeramente.

—No puedo pararla del todo —reconoció Alexandre.

Él también giraba, con Valentin y la escoba. Ambos niños se agarraban con fuerza al instrumento.

—¡Impresionante! —exclamó el maestro

—¡Alucinante! —repitió la clase, para que rimara.

—Pues mi padre... —empezó Clara...

—¡Dice rayos y centellas! —respondió toda la clase a la vez, en tono burlón.

La niña se mordió los labios, enfadada.

La escoba subía, bajaba, daba vueltas.

—¡Hay algo extraño en el ambiente! —dijo Erwan.

—Yo incluso diré más —soltó Alexis—. Hay algo muy, muy extraño.

—¡Es una escoba encantada! —dijo Annelise—. ¡Estaba segura!

—No es verdad —dijo el maestro—. Dadme esa escoba.

Agarró la escoba al pasar. La escoba se quedó inmóvil. Pero ahora la sujetaban entre tres, porque ni Valentin ni Alexandre la habían soltado.

—Podéis dejarla —les dijo el maestro.

—Es que… —declaró Alexandre— no podemos…

De repente, hubo un murmullo general en toda la clase. El maestro también tenía problemas y se mordía los labios. Había fruncido el ceño.

—El maestro tiene un problema —observó la curiosa Sivane.

—Sí, lo reconozco —admitió el maestro.

Agarraba la escoba con ambas manos, como los dos niños.

—Tengo la impresión de que mis manos están pegadas al palo —dijo. Y añadió, para calmar los ánimos—: ¡Esto es la reoca!

—¡Y tiro porque me toca! —contestó la clase medio riendo.

—Pues mi padre… —dijo Valérien imitando la voz de Clara.

—…dice ¡rayos y centellas! —se burló Renaud.

Clara les sacó la lengua.

—¡Es la escoba de una bruja! —exclamó Camille—. ¡Es la verdad!

—Claro que no —dijo el maestro para tranquilizar a los niños—. Sólo es una escoba un poco indisciplinada y caprichosa, nada más. En nuestros días, las brujas tienen aspiradoras, como todo el mundo.

La escoba temblequeaba.

—¡Mirad! ¡Empieza a agitarse! —exclamó Bruno.

—No es verdad —dijo el maestro—. Los que temblamos somos nosotros, y nuestro temblor repercute en la escoba.

—¡No! ¡Se está moviendo!
—exclamó Mickaël, que

se encontraba muy cerca de la escoba.

Todos la vieron agitarse, como si estuviera hecha de patas de araña. La escoba, a la que seguían agarrados el maestro, Alexandre y Valentin, se balanceó hacia la derecha, y luego hacia la izquierda.

—¡Cuidado! —gritó Mickaël—. ¡Se está balanceando!

El maestro y los niños no conseguían dominarla.

Las niñas se levantaron y se agruparon junto a la pizarra. Los niños también se levantaron y retrocedieron hacia las paredes.

—¡Os lo dije! —murmuró Annelise a las niñas.

—Está claro que una bruja vive cerca de la escuela... —dijo Flavie.

—Quizá incluso dentro... —se aventuró Anaïs.

Un estremecimiento de terror se extendió por el grupo de las niñas.

—Ha sido ella la que ha olvidado la escoba en el pasillo... —dijo Karen.

—No es verdad —dijo el maestro con una voz que intentaba ser lo más serena posible, para tranquilizar a los alumnos—. Bruno, Mickaël, venid a ayudarnos a sujetar la escoba.

Los niños se acercaron al fantástico objeto. Gracias a los refuerzos, dejó de moverse, Yassine acudió a ayudarles.

—Muy bien —dijo el maestro—. Todo se va a arreglar. Sivane, ¿quieres ir a buscar al director?

La niña salió corriendo al pasillo. Los niños y el maestro tenían inmovilizada a la recalcitrante escoba. Las niñas murmuraban:

—Está claro —dijo Morgane—. Sivane se va a encontrar a la bruja en el pasillo.

—¡Volverá con ella! —se horrorizó Marie-Catherine—. ¡Mamá! —le encantaba tener miedo.

—Da la impresión de que la escoba esta viva —observó Alexandre—. Noto en la punta de mis dedos como el latido de un corazón.

—Lo que sentimos es nuestro propio pulso —le tranquilizó el maestro.

—¡Yo no estaría tan seguro! —dijo Edilson.

Y se santiguó.

Varias niñas le imitaron. Annelise se encogió de hombros:

—¡No seáis supersticiosos! —dijo, muy orgullosa de conocer tan difícil palabra.

—Es verdad —afirmó el maestro—. No perdamos la cabeza. Tratemos de recordar las palabras que hemos pronunciado cuando Valentin empezó a barrer.

—Yo he dicho que era la escoba de una bruja —dijo Annelise.

—Y yo le aconsejé que se montara en ella... —comentó Julie.

—¡Y yo le grité *arre*! —dijo Morgane.

—¡Alto! —exclamó el maestro—. Seguramente ha sido la palabra *arre* la que lo ha desencadenado todo.

Los alumnos guardaron silencio, impresionados. La escoba temblaba como si estuviera hecha de antenas de insecto, a pesar del enorme grupo que la sujetaba sin conseguir despegarse de ella.

El maestro explicó:

—Morgane ha dicho *arre*. Así pues...

—Así pues, ahora tiene que gritar *so* —concluyó Julie—. ¡Adelante, Morgane! ¡Ordena a la escoba que se detenga!

—¡Sí! ¡Grita! ¡Grita! —suplicó la clase.

Morgane sonreía, divertida e indecisa. Gritó:

—¡So! ¡So! ¡Escoba, detente!

La escoba dejó de moverse. Los que la empuñaban pudieron soltarla, liberados al fin. Lanzaron un suspiro de alivio y movieron los dedos para desentumecerlos. El maestro apoyó la escoba en su mesa.

—¡Qué aventura! —dijo, sonriendo—. ¡Voto a bríos! Incluso diré más: ¡voto a... mil bríos!

Los niños se echaron a reír. Se pusieron a inventar juramentos, para divertirse:

—¡Voto a... *ríos!* —dijo Frédéric, y sus compañeros le aplaudieron.

—¡Voto a... *líos!* —añadió Valentin, con éxito.

—¡Voto a... *tíos!* —exclamó Julie, para no ser menos que los niños.

—¡Voto a... Quíos —dijo entonces Valérien.

Pero se vio obligado a explicar a los demás lo que era Quíos, porque no lo sabían.

En ese momento llegó el director. Estaba fuera de sí.

—¿Qué ha pasado? ¿Es verdad que han encontrado una bruja?

—No exactamente —dijo el maestro, el señor Lebois—. Pero ha perdido su escoba.

Contó lo que había ocurrido. Al director le costaba creer que fueran ciertas aquellas increíbles peripecias:

—¿La escoba se desplazaba... sola?

—¡Sí! ¡Sí! —decían los niños.

—Si no la hubiéramos sujetado entre siete —confirmó el maestro—, me pregunto a dónde habría ido.

—¡Se habría echado a volar! —dijo Annelise, apoyada por toda la clase.

—¡Pero eso es imposible! —exclamó el director—. En la historia de Francia, jamás se han visto escobas voladoras... Ni en la historia de otros países. Entonces, por lógica, si en el mundo jamás ha habido escobas voladoras, no es posible que las haya ahora...

Cogió la escoba con las manos. La tocaba con cierto recelo:

—Me pregunto quién la ha traído. No es de las señoras de la limpieza; llamaré a los servicios municipales.

Siguió examinando la vieja escoba.

—Ni siquiera es bonita. Me cuesta imaginarla capaz de las hazañas que me habéis descrito. ¿Cómo la habéis activado?

—Ha sido Morgane —dijo el señor Lebois—. La encontró en el pasillo.

El director se encogió de hombros. Estudiaba la escoba por los dos extremos.

—Sería terrible que ahora Morgane dijera *arre...* —murmuró Renaud, sonriendo.

Entonces, su compañero Valérien se volvió inmediatamente hacia Morgane:

—¡Adelante! —le sopló—. ¡Di *arre*! ¡Nos vamos a divertir!

El director dio la vuelta a la escoba:

—Voy a guardarla en el armario —dijo—. Pero, en mi opinión, lo habéis soñado.

—¡Di *arre*! ¡Di *arre*! —susurró Valérien, para divertirse.

—¡Sí, di *arre*! —susurró también Valentin.

Otros alumnos se volvieron hacia Morgane para reclamarle lo mismo con insistencia, en voz baja. La niña se reía. Entonces murmuró, sin pensarlo, y para complacerles:

—¡Arre! ¡Escoba, échate a volar!

La escoba giró sobre sí misma en el aire, a toda velocidad y sin previo aviso, obligando al director a girar con ella de puntillas. El director gritó. Había sido todo tan rápido, que perdió el equilibrio y se cayó hacia un lado. La escoba le enderezó y se lanzó hacia la ventana abierta. Un segundo después, el director dejó de pisar el suelo, fue arrastrado por los aires, y, ¡fuuu!, salió lanzado, como un cohete, hacia el cielo. Gritaba, pero su grito se

perdió a lo lejos por encima de las acacias de la escuela, y luego, por encima de los tejados. Los alumnos y el maestro se abalanzaron hacia las ventanas: el director y la escoba habían desaparecido.

—¡Espere! ¡Espere! —gritó el maestro—. ¡Señor Mercier!

En vano.

—Gritar no sirve de nada —observó Alexandre tranquila-

mente—. La escoba no se detendrá.

—Y además, si la escoba se detiene en pleno vuelo —añadió Bruno—, el director se romperá la cabeza.

—Por otra parte —dijo

Mickaël—, tendría que ser Morgane la que ordenara a la escoba que se detuviera, porque ha sido su voz la que ha obedecido para despegar...

—¡So! ¡So! —murmuró Morgane, horrorizada por lo que había provocado.

La escoba estaba demasiado lejos para que se enteraran de si obedecía o de si hacía lo que le daba la gana.

—Me pregunto a dónde va a llevar al director... —dijo Clara, preocupada.

—¡Al país de las brujas! —respondió Karen.

—¿Y qué le harán? —exclamó Manon con inquietud.

—¡Le convertirán en sapo! —dijo Marie-Catherine.

—¡O en rata! —exclamó Flavie con cara de asco.

—¡O en búho! —añadió Karen—. ¡A menudo, las brujas convierten a los humanos en pájaros!

—¡Mirad! —gritó Popaul.

Señaló el cielo, en línea recta y por encima de los tejados. Un pájaro llegaba hacia la escuela volando. Los niños lanzaron un grito:

—¡Un pájaro! ¡Es el director! ¡Viene hacia aquí!

Una golondrina se acercaba, volando a toda velocidad. El maestro ordenó:

—¡Retroceded! ¡Despejad la ventana!

Los niños retrocedieron. La golondrina venía como un flecha. Sin embargo, en el momento de franquear el hueco de la ventana, el ave se detuvo un instante y volvió a dirigirse al cielo. Los alumnos estaban decepcionados. Vieron cómo la golondrina desaparecía en el horizonte.

—No era el director —dijo Bruno.

—Volved a vuestros sitios —dijo el maestro—. Dejaremos la ventana abierta de par en par, por si la escoba nos devuelve al señor Mercier.

A regañadientes, los alumnos obedecieron. No tenían ningunas ganas de trabajar. Imaginaban al director hirviendo en la enorme olla de una bruja.

—Vamos, trabajad —dijo el maestro—, o me enfado.

Se dirigió hacia su mesa, cogió un cuaderno, y, ¡plaf!, dio con él a una mosca, gorda y negra, que zumbaba y revoloteaba sobre sus papeles. La mosca cayó abatida, atontada. Había caído de espaldas y giraba sobre sí misma como una peonza loca, haciendo bsss, bsss, y agitando las alas. El maestro levantó el cuaderno por los aires para acabar con ella...

—¡No! ¡No lo haga! —le gritó Annelise, que estaba sentada cerca de su mesa.

Señaló la mosca, sin poder contener la emoción. Los alumnos se levantaron. ¡Oh! La mosca empezó a crecer, sin dejar de zumbar. Se infló como una ciruela, luego como una manzana, luego como un melón, luego como una calabaza...

—¡Miles y miles de rayos y centellas! —exclamó el maestro, absolutamente estupefacto.

La mosca siguió engordando. Sus alas se convertían en brazos que se agitaban con torpeza. El insecto acabó su transformación y apareció... el señor director. Se retorcía sobre la mesa, mientras tiraba al suelo el material escolar.

—¡Increíble! —exclamó el maestro.

Seguía enarbolando el cuaderno con el que había zurrado a la mosca, cuando el director volvió en sí y se incorporó, frotándose la nuca. Movía la cabeza, resoplaba. Se sentó en la mesa.

—¡Está atontado! —se rió Bruno.

—¿Has visto el cuadernazo que le han dado en la cocorota —dijo Valentin, en tono burlón.

—¡Le ha puesto las ideas en su sitio! —rió Renaud.

—¡Se había convertido en una horrible mosca! —dijo Camille con cara de asco—. ¡Puaj!

—Pero, ¿qué le ha ocurrido? —preguntó el maestro.

Ayudó al director a ponerse de pie. Al infortunado señor Mercier le temblaban las piernas. Tuvo que agarrarse a la mesa para no desplomarse en el suelo. Movía la cabeza y resoplaba ruidosamente:

—Puf...
Puf... Puf... Ha sido la bruja. Puff... —explicó, volviendo poco a poco en sí—. Yo estaba agarrado a la escoba... Puf... Lo recuerdo... Sobrevolamos los tejados... Puf... Al llegar al Jardín Botánico, noté como un impacto y... Vi que la escoba se dirigía al Sena... Puf... Creí que iba a caer y abrí los brazos... Puf... Pero no me estaba cayendo... Me di cuenta de

que me habían hechizado y me habían convertido en mosca...

—Está claro —murmuró Flavie a Morgane—, eso ocurrió cuando tú dijiste *so*...

Morgane estaba impresionada. Marie-Catherine acudió en su ayuda:

—Si ella no lo hubiera dicho, quién sabe dónde estaría el director ahora...

—Es verdad —dijo Clara—. Morgane le ha salvado la vida.

El maestro seguía enarbolando el cuaderno. Lo dejó en la mesa y, farfullando, pidió disculpas:

—He estado a punto de aplastarle...

—Me pregunto si, en caso contrario... —comenzó el director.

—Está claro —dijo Manon—. Si no hubiera sido por el cuadernazo en la cabeza, el señor Mercier habría seguido siendo mosca toda su vida.

—¡Se lo habría tragado un pájaro! —dijo Alexis.

Abrió la boca e hizo como si se tragara una mosca, imitando con los brazos el aleteo de las aves.

—¡Por favor! —exclamó el director—. ¡No sigáis hablándome de pájaros! Me persiguió una golondrina, ¡fue horrible! ¡Me había echado el ojo! Entonces, volé hacia la ventana. Fue una suerte que la hubierais dejado abierta, porque si no...

—Si no, la golondrina le habría *zampado*... —dijo Edilson riendo—. ¡Ja, ja, ja!

—No —dijo Alexandre—. Se habría lanzado contra el cristal, y el choque le habría matado, y habría recuperado la forma humana.

—Se habría caído al patio —dijo Clara, horrorizada.

—Se habría agarrado al saliente de la ventana —corrigió David.

El director se frotó suavemente el cráneo. Hizo un gesto de dolor cuando se descubrió el chichón y sacó una moneda de cinco francos de su monedero para aplicarla sobre él. Todavía titubeaba un poco cuando se dirigió hacia la puerta. Refunfuñó:

—¡Qué historia! En esta clase siempre ocurren desgracias. Será mejor que no vuelva a entrar en ella jamás...

A continuación, fue a su despacho para revolotear sobre sus asuntos —perdón, quiero decir para trabajar en sus asuntos—. Los alumnos movían la cabeza imaginando lo que hubiera ocurrido si el maestro hubiera golpeado a la mosca por segunda vez con el cuaderno.

—¡Le habría aplastado! —dijo, riendo, Valérien.

—¡Habría pulverizado al director! —añadió Annelise.

Ahora que la emoción había pasado, los alumnos veían la aventura con humor. Se preguntaban, sin embargo, dónde viviría la bruja, y si aquella horrible arpía, a la que suponían peluda y barbuda, volvería a manifestarse en la escuela...

¡Niños, no recojáis jamás escobas errantes!

114

La anciana de las palomas conocía muchas historias. Me contó la de los zapatos. Os la resumo, porque no la terminó. Es una pena, hubiera sido la centésima aventura de los pequefantásticos.

El protagonista fue Mickaël, que no quería ir a clase de gimnasia. Hizo que todos los zapatos del vestuario emprendieran la huida. Fue muy divertido, porque 64 zapatos (32 alumnos = 32 pares) corriendo en todos los sentidos por un patio de recreo arman un follón muy poco corriente. El profesor de deportes, desbordado, intentó capturarlos. Los niños se abalanzaban sobre ellos, armados de palos de hockey sobre hierba. Los zapatos huían. Cuando la cocinera entraba en la escuela, aprovecharon que la verja estaba abierta para escapar a la calle. La cocinera lanzó terribles y agudos gritos, porque los zapatos se colaban entre sus piernas como si fueran ratones. El profesor de gimnasia y todos los alumnos se lanzaron a la calle Marcel-Aymé para perseguir al indisciplinado rebaño. Mickaël estaba muy contento. Hacía que los zapatos trotaran, saltaran, e incluso él... Desgraciadamente, nunca sabré el fin del episodio —vosotros tampoco—, porque la anciana acababa de interrumpir su relato. Me señaló a dos niños que llegaban a la plaza de la Contrescarpe, uno en monopatín y otro a pie.

—El que va a pie se llama Barthélemy —me dijo—. Tiene el poder de saltar a mucha altura del suelo. Le empezó una noche que dormía en una litera y se cayó de ella. Desde entonces se dedica a saltar desde puntos cada vez más elevados. Ayer saltó desde el quinto piso de un edificio.

—¡Oh!

—¿Ve usted esos dos agujeros en el pavimento? Son las huellas de sus pies.

—¡Rayos y centellas! (Como diría Clara.)

—Creo que tiene la intención de saltar desde la torre Eiffel uno de estos días. ¿A usted le gusta el tiovivo?

—¿Cómo dice?

No entendía la relación entre el saltarín, la torre Eiffel y la feria. Pero la anciana insistió:

—¿Le gusta el tiovivo?

—Bueno, sí, pero yo...

—Pues se va usted a montar en uno.

—¿Cómo?

—El niño del monopatín se llama Léon. Mírele bien.

Le miré.

Era un niño como todos los niños, con una cabeza, dos brazos, dos piernas, un cuerpo. ¿Y qué?

—Mírele mejor —me aconsejó la anciana.

El niño se deslizaba tranquilamente en su monopatín hacia el centro de la plaza.

—Si le gusta el tiovivo —me dijo la anciana—, le aconsejo que se instale en la cal-

zada o en la acera, cerca de las casas, porque todo va a empezar a girar.

—¿Qué?

En medio de la plaza, Léon abrió los brazos. La anciana había vuelto a sentarse en su banco con su bandada de palomas.

—¿Qué pasa? —pregunté.

Yo estaba de pie en medio de la calle que rodea la plaza, con mi cuaderno en una mano y mi pluma en la otra.

—Será mejor que se agarre a algo —me dijo Louis, el camarero:

Él se había sujetado con las dos manos al marco de la puerta.

—Pero, ¿por qué?

—¡Cuidado con la sacudida!

Miré de reojo al niño. Con los brazos abiertos, se puso a girar sobre sí mismo y sentí que el suelo se hundía bajo mis pies.

—¡Ay! —grité.

Corrí, tambaleándome, a agarrarme a un farol. El suelo daba vueltas, la calle daba vueltas, los edificios daban vueltas...

La plaza se había convertido en un inmenso tiovivo que daba vueltas cada vez más deprisa, a medida que el niño, de pie en el centro, giraba sobre sí mismo a mayor velocidad. Los transeúntes gritaban de alegría y de vértigo.

No he tenido más remedio que dejar de

escri-
bir, mien-
tras mi farol
no hace más que
subir y bajar. Es diver-
tido. Os dejo. ¡La plaza
entera está dando vueltas!
¡Yupiiiii! ¡Os mando un abrazo!
¡Y vivan los *pequefantásticos*, voto...
a bríos!

ÍNDICE